Nicolas Grandjean

Sire Perceval et le Prince des iles d'emeraude

© 2011 Nicolas Grandjean
Edition : BoD - Books on Demand
12/14 rond-point des Champs Elysées
75008 Paris
Imprimé par BoD – Books on Demand, Norderstedt, Allemagne
ISBN : 9782322025435
Dépôt légal : novembre 2014

Ce deuxième livre des aventures du Roi Perceval
a été écrit en France par Nicolas Grandjean
en l'an de grâce deux mille onze

PREFACE

Les Iles d'Emeraude formaient un ensemble d'îles, situé à l'extrême ouest de la Nouvelle-France. Ces Iles d'Emeraude étaient composées de vastes forêts et de petites villes dirigées par des ducs.

La principale ville s'appelait Fort-Saint-Jean-Baptiste, car en plus du grand château habité par sire Nicolas des Iles d'Emeraude, il y avait une forteresse qui portait le nom de saint Jean-Baptiste, le saint patron de la Nouvelle-France. La Nouvelle-France avait un deuxième saint patron qui s'appelait saint George, le saint patron de l'Angleterre.

Sire Nicolas, prince des Iles d'Emeraude, était un grand jeune homme aux cheveux très longs, légèrement plus foncés que ceux du roi Perceval. sire Nicolas n'avait pas de barbe. Il avait même un visage d'ange et paraissait beaucoup plus jeune que son âge. Il était né dans les Montagnes Rocheuses en l'an de grâce onze cent soixante-sept, la même année que le roi Perceval. Son père s'appelait sire Jean-Nicolas.

A l'âge de vingt et un ans, il quitta le château du Lac-de-Saint-Nicolas, qui était un grand château éclairé par des pépites de cuivre photoluminescentes. Car en Nouvelle-France, en plus des pierres photoluminescentes, on utilisait aussi des pépites de cuivre que l'on trempait dans un philtre magique qui permettait de transformer les pépites. Elles pouvaient alors emmagasiner la lumière du soleil une fois la nuit venue. Ces pépites donnaient une très belle lumière rose orangé. Ce qui donnait une lumière similaire aux couleurs de lever ou de coucher du soleil.

Sire Nicolas revenait très régulièrement au château du Lac-de-Saint-Nicolas dire bonjour à dame Suzanne. Il avait des frères qui s'appelaient sire Mathieu et sire Sébastien. Et demoiselle Dominique était sa plus jeune sœur.

Sire Nicolas des Iles d'Emeraude était tertiaire de l'abbaye cistercienne de Notre-Dame-du-Lac-des-Saumons, qui abritait des moines cisterciens chrétiens et des moines cisterciens israélites, car la Nouvelle-France était devenue un refuge pour les Israélites au temps des croisades et beaucoup d'Israélites prirent alors le chemin de la Nouvelle-France.

Sire Nicolas des Iles d'Emeraude aimait beaucoup son statut de tertiaire de l'abbaye cistercienne de Notre-Dame-du-Lac-des-Saumons car il aimait beaucoup les moines cisterciens et spécialement le père Edouard-Daniel qui l'avait accueilli lorsqu'il avait commencé son noviciat en l'an de grâce onze cent quatre-vingt-huit.

Sire Nicolas des Iles d'Emeraude avait fait ses études fondamentales à l'abbaye bénédictine de Notre-Dame-de-la-Vallée-des-Miracles, située près de la grande rivière qui s'appelait la rivière Simon. Il avait choisi la théologie comme études universitaires, outre sa fonction de jardinier au château de son père. Sire Jean-Nicolas avait apprécié que son fils fasse des études universitaires en plus de sa formation de chevalier et de jardinier. Le prince des Iles d'Emeraude avait ainsi trois métiers : théologien, jardinier et chevalier.

La Nouvelle-France était la partie nouvelle du royaume du Saint-Graal. Elle était recouverte d'immenses forêts, si denses qu'on pouvait se perdre très facilement si on quittait les chemins et les grandes routes. La Nouvelle-France était composée de plusieurs duchés et de plusieurs principautés dont l'une des plus grandes était les Iles d'Emeraude.

La Nouvelle-France était très riche en faune. Il y avait des lynx, des coyotes, des ours noirs, bruns et même blancs, des ratons-laveurs, des castors, des oies sauvages, des cygnes noirs ou blancs. Certains cygnes avaient le cou noir et un beau plumage blanc. Il y avait des écureuils, des cigognes et des pélicans, mais les pélicans vivaient surtout au bord de la mer, notamment dans les Iles d'Emeraude.

La flore de la Nouvelle-France était aussi très riche. Il y avait des érables, des peupliers, des conifères, des cèdres, des molènes, des genêts, des fuchsias, des reines-marguerites, des alises blancs et des thuyas.

Le prince Nicolas des Iles d'Emeraude appréciait aussi le

climat, car les températures étaient moins chaudes en été et moins froides en hiver qu'à Saint-Nicolas-du-Lac, la mer étant un grand régulateur thermique. En revanche, le prince Nicolas n'aimait pas du tout les températures hivernales glacées qui régnaient à Saint-Nicolas-du-Lac, où se trouvait son château natal.

CHAPITRE I

LE ROI PERCEVAL REÇOIT LA VISITE DU PHARAON D'EGYPTE EN SON CHATEAU DE LA FORET MYSTERIEUSE A CLAIRVAUX

Après avoir passé le nouvel an à l'abbaye de Glastonbury où il avait rencontré le roi Arthur, le roi Perceval revint à Clairvaux dans son immense château.

Aussitôt arrivé au château, son secrétaire qui s'appelait Paul lui dit :

« Sire Perceval, j'ai reçu une lettre du pharaon d'Egypte qui va venir vous rendre visite dans quelques jours. »

Le roi Perceval lui répondit :

« Merci beaucoup, Paul. Je rentre de ma retraite à l'abbaye bénédictine de Glastonbury où j'ai rencontré notre roi émérite, le roi Arthur qui vient de commencer sa nouvelle vie de tertiaire, et qui est très heureux de redevenir tertiaire, car il était déjà tertiaire lors de son premier règne au sixième siècle.

« Je suis très content de revenir dans mon château. Demain je préparerai le protocole de la visite du pharaon d'Egypte. »

Le roi Perceval lut la lettre du pharaon qui s'appelait Ossyrius. Le pharaon Ossyrius disait dans sa lettre :

« Sire Perceval,

Je vous écris cette lettre pour vous annoncer mon arrivée dans le royaume du Saint-Graal. Je serai ici dans une semaine.

Je suis un tout jeune pharaon de vingt et un ans qui vient d'être couronné. Je suis très heureux de découvrir un royaume qui vient de naître à la suite de l'arrêt des croisades et de la découverte du Vase sacré qui s'appelle le Saint-Graal. Et je suis très heureux de faire votre connaissance, sire Perceval »

Le roi Perceval rangea très précieusement la lettre du pharaon Ossyrius dans son bureau construit en bois de chêne.

Une semaine plus tard, le roi Perceval reçut la visite du pharaon Ossyrius d'Egypte. C'était la toute première visite diplomatique d'un roi étranger que recevait le roi Perceval.

L'énorme porte de la première enceinte du château

octogonal s'ouvrit et le carrosse du pharaon d'Egypte Ossyrius s'avança. Le pharaon entra dans l'immense hall de réception du château qui était éclairé par des candélabres portant des pierres photoluminescentes.

Le roi Perceval se présenta au jeune pharaon Ossyrius :

« Bonjour. Je m'appelle Perceval et je suis à la tête de ce nouveau royaume qui s'appelle le royaume du Saint-Graal. Je suis très heureux de faire votre connaissance. Votre visite est la première visite diplomatique que je reçois et que reçoit le nouveau royaume du Saint-Graal. »

Ossyrius se présenta au roi Perceval :

« Bonjour. Je suis un tout jeune pharaon qui vient d'accéder au trône d'Egypte, car mon père ayant soixante-cinq ans a décidé d'abdiquer et de se retirer. Il estimait que je devais lui succéder. Mon père, qui s'appelait Ossiris, a régné pendant quarante-quatre ans. J'ai deux frères et deux sœurs et notre pharaonie d'Egypte va bien et cherche à se rapprocher du royaume du Saint-Graal par des liens diplomatiques plus étroits, car le temps est venu de tisser des liens étroits entre les civilisations. »

Le roi Perceval dit au jeune pharaon Ossyrius :

« Je suis tout à fait d'accord pour que votre pharaonie d'Egypte établisse des liens diplomatiques plus étroits avec notre royaume du Saint-Graal. D'ailleurs, c'est ce que j'ai dit dans mon premier discours du trône au mois d'octobre de l'an dernier. J'ai promis qu'il y aurait des liens diplomatiques avec les pays qui entourent le royaume du Saint-Graal. J'ai l'intention d'établir des liens avec votre pharaonie d'Egypte, le royaume d'Arabie, sans oublier le royaume d'Israël. »

L'entretien étant terminé, le roi Perceval convia son hôte à un grand repas qui était organisé pour l'occasion.

Le roi Perceval discuta avec le pharaon Ossyrius, et le pharaon Ossyrius commença à parler de son enfance, de sa jeunesse et de son début de règne en tant que pharaon d'Egypte.

Pendant le repas, le pharaon Ossyrius dit :

« Vous savez, sire Perceval, je suis né à Memphis dans un

palais qui était situé au bord du Nil. Depuis ce grand palais, on pouvait admirer le lever et le coucher de soleil. Mes parents y vivent encore mais moi, j'ai hérité d'un autre palais qui a appartenu à mon arrière-grand-père qui s'appelait Ramsès et à mon grand-père qui s'appelait Omaris et enfin à mon père qui s'appelait Ossiris. Le palais où j'ai grandi appartient à ma mère, princesse de Memphis.

« Comme vous le savez peut-être, les Egyptiens sont israélites, car beaucoup d'Israélites qui ont fui les croisades et autres persécutions ont choisi de venir s'installer en Egypte. Comme vous avez la Confirmation, nous avons la bar-mitsva qui symbolise l'entrée dans l'âge adulte au niveau spirituel. La bar-mitsva, et la bat-mitzvah pour les filles, ont été établies à seize ans, au lieu de douze ou treize ans.

« Entre six et seize ans, j'ai suivi une école rabbinique qui forme aussi les futurs rabbins. Après l'âge de seize ans, j'ai continué à étudier la torah pour devenir rabbin, mais finalement j'ai préféré me consacrer à mon futur métier de pharaon et je suis devenu pharaon à vingt et un ans. »

Le roi Perceval prit la parole et dit :

« J'aimerais savoir comment on vit en Egypte. »

Le pharaon Ossyrius dit :

« Nous vivons très simplement. Nous n'avons pas beaucoup de misère. Les enfants vont à l'école entre six et seize ans, et ils apprennent ensuite différents métiers ou continuent leurs études dans les différentes universités. Ils sont pleinement majeurs à vingt et un ans après la bar-mitsva, qui est une sorte de prémajorité comme chez vous dans les duchés et principautés de votre grand royaume.

« Nous avons aboli l'esclavage, les ouvriers sont beaucoup mieux protégés. Les femmes ne sont plus des simples êtres soumis à leurs maris et la polygamie a disparu de même que la peine de mort et les châtiments corporels.

« Et les pharaons ne sont plus des rois au pouvoir absolus mais des rois qui respectent les habitants de l'Egypte. L'Egypte du douzième siècle n'est plus l'Egypte d'il y a trois ou quatre mille ans. »

Le roi Perceval dit à son hôte le pharaon Ossyrius :

« Je m'aperçois que votre pays, l'Egypte, a évolué comme notre grand royaume du Saint-Graal. Nous aussi, nous avons aboli la peine de mort, la torture, les mauvais traitements et les châtiments corporels, et les femmes ne sont plus des êtres soumis à leur mari.

« Nous avons aussi fait disparaître les pouvoirs féodaux qu'avait l'Eglise. Notre civilisation a eu un très grand maître spirituel qui a contribué à faire disparaître la barbarie. Il s'appelait saint Bernard. Il a contribué à faire disparaître toute cette barbarie. Il nous a fait sortir des années sombres du Moyen-âge. »

Le pharaon Ossyrius dit :

« Oui, notre civilisation a fait disparaître toute la barbarie, à l'époque du règne du pharaon Ramsès qui a contribué à moderniser l'Egypte. Le pharaons Ramsès a aussi contribué à nous faire sortir du Moyen-âge et a aidé l'Egypte à redorer son blason, puisque l'Egypte avait une triste réputation de pays barbare.

« Nous aussi, nous nous intéressons à Jésus-Christ et nous avons une petite communauté chrétienne qui est très fervente, surtout à Memphis et à Philadelphie qui se trouve au bord de la Mer Rouge.

« Il y a aussi en Egypte des archéologues qui effectuent des fouilles pour retrouver des objets qui ont appartenu à des pharaons qui ont vécu il y a trois mille ans, et ils ont même retrouvé une amphore qui a quatre mille ans. Ils ont également retrouvé des bijoux, des meubles et des papyrus dans lesquels est écrite l'histoire du pays.

« Nous vivons dans un pays riche d'une très longue histoire, et je suis toujours intéressé par l'histoire de notre pays qui est en quelque sorte un des berceaux de toute l'humanité. Je serais très heureux que votre royaume du Saint-Graal ait des relations diplomatiques très étroites avec notre pays d'Egypte. »

Après le repas, le roi Perceval logea son hôte dans une

splendide chambre située dans une des huit ailes du château du Saint-Graal, réservée aux hôtes de marque. Le pharaon Ossyrius passa une bonne nuit dans un lit à baldaquin garni de draps blancs et d'une couverture vert émeraude, avec des fleurs de lys dorées. Dans la chambre, il y avait aussi une grande table et une armoire en chêne. Le sol était en marbre blanc avec deux tapis, un vert et un bleu. Le roi Perceval n'aimait pas le rouge car pour lui le rouge représentait la couleur du sang.

A son réveil, le pharaon Ossyrius prit un bain dans une bassine qui était située à côté de la chambre. Puis il retrouva le roi Perceval qui était en train de prendre son petit déjeuner.

Le pharaon Ossyrius dit au roi Perceval :

« Je vous remercie, sire Perceval, de m'avoir si bien accueilli dans ce beau château. J'espère que je pourrai revenir dans votre royaume du Saint-Graal, et j'espère vous revoir bientôt. »

Le roi Perceval lui dit :

« Je suis très heureux de vous avoir reçu dans mon château Après le petit-déjeuner nous irons dans mon bureau signer un accord de rapprochement entre nos deux royaumes. »

Le pharaon Ossyrius et le roi Perceval se rendirent dans le grand bureau du roi Perceval, dans l'aile sud-est du château octogonal, pour signer le traité de rapprochement entre le royaume du Saint-Graal et la pharaonie d'Egypte.

Le bureau du roi Perceval était une très grande pièce rectangulaire avec deux petites chambres ovales, une de chaque côté. L'une de ces chambres ovales servait au secrétaire du roi Perceval, l'autre servait à la cérémonie d'adoubement des futurs chevaliers et à un éventuel second secrétaire que le roi Perceval pourrait engager dans un futur proche.

Les grandes fenêtres du bureau donnaient sur un des jardins du château. Il y avait des rideaux bleu saphir et un tapis vert émeraude, et au plafond, une magnifique lampe mobile qui contenait une pierre photoluminescente, une citrine, qui donnait une couleur jaune orangée. C'était une lampe en forme de grosse boule de cristal. Le roi Perceval aimait beaucoup cette lampe car il pouvait la faire descendre pour prendre la pierre photoluminescente en forme de galet.

Le bureau du roi Perceval était le poumon du grand château du royaume du Saint-Graal. L'armoire était destinée à recevoir les documents que le roi Perceval avait signés et qu'il signerait dans l'avenir. Elle contenait le premier discours du trône et désormais, elle abriterait aussi le premier document diplomatique que le pharaon Ossyrius et le roi Perceval lui-même venaient de signer.

CHAPITRE II

LE ROI PERCEVAL SE REND A L'UNIVERSITE DE LYON A LA RENCONTRE DES ETUDIANTS

Alors qu'il faisait encore gris et froid en ce début de mars de l'an de grâce onze cent quatre-vingt-onze, le roi Perceval prit la décision de se rendre à l'université de Lyon pour rencontrer les jeunes étudiants, s'entretenir avec eux et leur parler du Vase sacré qu'il avait retrouvé l'année précédente.

Trois semaines plus tard, il quitta son immense château de la Forêt Mystérieuse avec son carrosse et son cheval Roland. Le voyage dura deux jours et le roi Perceval profita de son arrêt à Dijon pour rendre visite à son frère, le père Gérald devenu moine-prêtre.

Sire Perceval arriva à Cîteaux juste après l'office de nones. Le père hôtelier alla ouvrir la porte de l'abbaye cistercienne et lorsqu'il s'aperçut que celui qui avait sonné était le roi Perceval, il appela le père abbé. Le roi Perceval fut convié à entrer à l'hôtellerie et le père abbé alla chercher le père Gérald.

Le père hôtelier dit au père Gérald :

« Père Gérald, il y a une visite pour vous. »

Le père Gérald reconnut son frère cadet et lui dit :

« Comme je suis heureux de te revoir ici. Es-tu de nouveau en voyage ? Pars-tu pour une nouvelle mission ? »

Le roi Perceval répondit à son frère le père Gérald :

« Je suis aussi très heureux et content de te revoir. Oui, je suis en voyage, mais seulement jusqu'à Lyon où je veux rencontrer étudiants et professeurs.

« Comme tu le vois, je vais très bien et j'ai commencé mon nouveau métier de roi. J'ai déjà reçu la visite d'un jeune pharaon d'Egypte qui vient d'accéder au trône. Cette première visite d'un roi étranger m'a donné l'occasion de signer un premier traité de rapprochement entre nos deux royaumes, la pharaonie d'Egypte et le royaume du Saint-Graal, chose que j'avais promise dans mon premier discours du trône.

« Et toi que deviens-tu ? »

Le père Gérald dit à son frère, le roi Perceval :

« Je vais bien. J'ai déjà célébré une messe, celle de Noël, au cours de laquelle j'ai fait une homélie sur la nativité de Jésus-Christ et sur l'annonce de l'ange à Marie.

« J'ai également célébré une messe à Pâques dans laquelle j'ai fait une homélie sur la vie éternelle, il y a une semaine. «

Le père Gérald demanda au père hôtelier qu'on donne une chambre à l'hôtellerie à son frère cadet, le roi Perceval. Le père hôtelier accepta et le roi Perceval passa donc la nuit à l'abbaye de Cîteaux.

Après une bonne nuit, le roi Perceval prit son petit déjeuner composé du pain frais, fait par les moines, avec du bon beurre fait aussi par les moines et avec du miel produit par les abeilles du rucher du monastère.

Le roi Perceval remercia très chaleureusement le père hôtelier et son frère Gérald, reprit son carrosse et son cheval Roland et quitta Cîteaux.

Il prit la route en direction de Lyon et s'arrêta à l'abbaye bénédictine de Cluny où il participa aux offices de nones. Les moines bénédictins connaissaient très bien le roi Perceval et l'accueillirent dans leur réfectoire pour le repas de midi.

Le roi Perceval reprit la route et arriva à Lyon vers six heures du soir. Il retrouva son ami d'enfance, sire Simon, qui l'accueillit dans son château.

Le roi Perceval sonna à la porte et sire Simon arriva :

« Bonjour sire Perceval, quelle surprise de te revoir ! Comment vas-tu ? «

Le roi Perceval dit à sire Simon :

« Je vais très bien. Je suis à Lyon car je vais aller à la rencontre des étudiants et des professeurs de l'université pour qui je vais faire une conférence sur le Saint-Graal et le royaume du Saint-Graal. »

Sire Simon dit au roi Perceval :

« Quelle bonne idée, sire Perceval, de venir parler de ton royaume ou plutôt de notre royaume, car c'est très important pour un roi d'aller à la rencontre de son peuple. Bien sûr, je vais te loger pendant ta visite à Lyon. As-tu déjà pris ton repas du soir ? »

Le roi Perceval répondit à sire Simon :

« Non, je n'ai pas encore pris mon repas. J'ai fait un très long voyage et j'ai hâte de manger. J'ai pris mon repas de midi avec les moines bénédictins de Cluny qui m'ont accueilli dans leur réfectoire. »

Le duc de Lyon, sire Simon, demanda que l'on prépare un bon repas. Puis pendant le repas du soir, le roi Perceval et son ami d'enfance, sire Simon eurent une large discussion.

Sire Simon dit au roi Perceval :

« Tu sais, sire Perceval, depuis la fin des croisades et ta découverte du Vase sacré suivi de la création du royaume du Saint-Graal et ton avènement comme roi, les choses ont beaucoup changé car nous avons beaucoup appris de toi et de tes exploits. »

Le roi Perceval dit à son tour :

« Je sais bien que les choses ont beaucoup changé depuis la fin des croisades et depuis la découverte du Saint-Graal qui a donné son nom à ce très grand royaume. »

Après le repas, le roi Perceval et son ami d'enfance sire Simon allèrent se coucher. Le lendemain, ils reprirent leur conversation pendant le petit déjeuner.

Le roi Perceval dit à sire Simon :

« Après le petit déjeuner, je me rendrai à l'université de Lyon où je m'entretiendrai avec les professeurs et les étudiants. Les étudiants sont des jeunes gens préadultes âgés entre seize et vingt et un ans, parfois un peu plus. Ils sont dans l'âge préadulte et il est très important que j'aie des contacts avec eux, car pour eux il est très important qu'un roi qui est à peine plus âgé qu'eux aille à leur rencontre et qu'ils se rendent compte qu'un roi est à l'écoute des jeunes gens préadultes.

« Je suis très content de les voir, et ils verront toute l'importance de l'existence en présence d'un roi à peine plus âgé qu'eux. »

Le petit-déjeuner terminé, le roi Perceval prit le chemin de l'université où il se rendit avec le duc de Lyon, sire Simon, qui tenait lui-aussi à être présent lors de la conférence sur le royaume du Saint-Graal.

Sire Simon et le roi Perceval furent très bien accueillis par le professeur principal de l'université qui s'appelait Jean-Daniel. Il était aussi prêtre. Au douzième siècle, comme les écoles fondamentales, les universités étaient souvent tenues par des moines. C'étaient le plus souvent des moines cisterciens ou cartusiens, les bénédictins étant plutôt à la tête des écoles fondamentales.

Mais certaines universités étaient tenues par des prêtres diocésains, c'est-à-dire des prêtres qui n'étaient pas rattachés à un ordre monastique. L'université de Lyon était une université diocésaine.

Le révérend-professeur principal Jean-Daniel avait rassemblé tous les étudiants, étudiantes et professeurs dans un grand amphithéâtre. Il leur dit :

« Chers étudiants et chères étudiantes, ce matin notre université a le très grand privilège d'accueillir sire Perceval qui est le roi de notre nouveau royaume du Saint-Graal. Il va nous donner une conférence sur le Saint-Graal et le royaume du Saint-Graal. »

Le révérend professeur principal Jean-Daniel s'assit et le roi Perceval prit la parole et commença sa conférence :

« Bonjour, chers étudiants et étudiantes, et chers professeurs. C'est une immense joie de vous rendre visite dans cette belle université.

« Je m'appelle Perceval, je suis né en Bretagne en l'an de grâce onze cent soixante-sept. Je suis le fils du duc de Bretagne, sire Daniel et de la duchesse de Bretagne, dame Hélène. J'ai fait mes études fondamentales chez les moines bénédictins de l'abbaye de Mouthier-Royal. A seize ans, je suis allé faire ma formation de chevalier chez le roi Arthur qui s'était réveillé après avoir fait une sieste de six siècles dans une grotte magique.

« Comme c'est la coutume en Angleterre, les écuyers font aussi des études universitaires parallèlement à leur formation de chevalier J'ai choisi d'étudier la théologie. J'avais exactement le même âge que vous. J'ai terminé mes études de théologie en même temps que mon adoubement à vingt et un ans.

« Pendant que j'étais en retraite à l'abbaye bénédictine de Westminster, j'ai fait un rêve dans lequel Dieu me demandait d'aller en Israël mettre un terme à ces horreurs de croisades. Après en avoir discuté avec le roi Arthur, je suis parti en Israël pour arrêter ces croisades.

« Une fois les croisades terminées, j'ai organisé une conférence internationale pour établir un traité de paix internationale et interreligieuse que nous avons signé avec le roi d'Israël, le prince héritier d'Arabie, le patriarche des Chrétiens d'Orient et moi-même. J'ai remis le traité au pape Joachim lors de ma visite à Rome à mon retour d'Israël.

« Une fois revenu en France, je suis allé à Cîteaux pour l'ordination de mon frère Gérald qui est moine cistercien à Cîteaux et qui est devenu moine-prêtre. Puis j'ai accompli une longue retraite à l'abbaye cistercienne de Clairvaux.

« Pendant cette retraite, je suis allé visiter une petite chapelle attenante au monastère et j'ai fait la découverte d'une porte mystérieuse. J'ai ouvert cette porte et avec une pierre photoluminescente j'ai descendu les escaliers qui étaient derrière cette porte et j'ai marché dans un très long couloir. Je suis arrivé dans une immense salle octogonale et j'ai vu enfin le Vase sacré du Saint-Graal. Il y avait un escalier qui montait dans un immense château octogonal.

« Quelques temps plus tard, j'ai annoncé la découverte du Vase sacré et j'ai invité toutes les cours d'Europe et de Nouvelle-France pour leur montrer le Vase sacré du Saint-Graal. Très ému, le roi Arthur a décidé de créer un tout nouveau royaume, d'abdiquer et de me faire roi. C'est ainsi que le royaume du Saint-Graal a vu le jour.

« Le royaume du Saint-Graal a un très grand avenir car vous allez devenir des citoyens à part entière. En effet, comme je l'ai annoncé dans mon premier discours du trône, j'ai décidé d'introduire la démocratie et les élections parlementaires avec le vote à seize ans, ce qui coïncide avec l'âge de la prémajorité et avec l'âge du vote aux élections épiscopales et pontificales.

Vous n'êtes certes pas encore des adultes mais vous n'êtes plus des enfants mineurs. Vous êtes des jeunes gens et des jeunes filles préadultes. Dans quelques mois aura lieu l'élection du tout premier parlement du royaume du Saint-Graal. Le royaume du Saint-Graal compte sur vous pour son avenir et l'avenir des générations futures.

« Que Dieu bénisse le royaume du Saint-Graal, les élections du premier parlement et votre avenir. Les élections auront lieu dans le courant de cette année onze cent quatre-vingt-onze, et chaque voix compte.

« Voilà ce que j'avais à vous dire chers étudiants, étudiantes et professeurs. Que Dieu vous bénisse tous et toutes. »

Voyant que l'heure du repas approchait, le révérend professeur principal Jean-Daniel convia le roi Perceval et le duc de Lyon, sire Simon, à prendre le repas dans le grand réfectoire de l'université de Lyon avec tous les étudiants et professeurs. Pendant le repas, composé de riz et de poulet avec des carottes et une compote de pommes comme dessert, le roi Perceval dit au révérend professeur Jean-Daniel :

« Révérend professeur Jean-Daniel, je suis très heureux de partager ce repas avec vous, vos étudiants et collègues. Dans quel domaine enseignez-vous ? »

Le révérend Jean-Daniel répondit au roi Perceval avec un grand sourire :

« J'enseigne la philosophie, l'histoire et les humanités. Je trouve que ces jeunes étudiants sont très motivés, aiment la vie et sont très contents d'entrer dans l'âge préadulte. Ils sont très heureux de pouvoir voter car nous sommes entrés dans une nouvelle ère, l'ère postmédiévale qui tourne la page des années sombres du Moyen-âge.

« J'enseigne aussi le droit lorsqu'un professeur de cette faculté est absent. Je fais actuellement des recherches sur le sire Perceval historique qui a vécu au sixième siècle, car personne ne sait ce qu'il est devenu.

« Je suis maintenant au milieu de ma carrière et j'espère que notre royaume du Saint-Graal pourra offrir un brillant avenir à notre jeunesse. »

Le roi Perceval dit au révérend professeur Jean-Daniel :

« Vous avez raison dans ce que vous venez de dire car notre jeunesse a un atout à offrir à notre grand royaume du Saint-Graal et elle est remplie de motivation et de créativité .Je suis aussi très content qu'ils aient le statut de préadulte à seize ans car dans la vie humaine l'être humain franchit plusieurs étapes. D'abord il y a l'enfance, puis l'adolescence ou la jeunesse, l'âge mûr et enfin la vieillesse. Avant l'âge de seize ans, un être humain est un enfant et doit le rester, car c'est la période de la vie où l'être humain a besoin de se développer et doit avoir des limites à ne pas franchir. A seize ans, il cesse d'être un enfant pour devenir un adolescent ou un jeune préadulte, et il peut prendre certaines décisions quant à son avenir, et il peut voter. A vingt et un ans, l'être humain devient pleinement majeur.

« Au cours de cette première année, je vais mettre sur pied les premières élections parlementaires qui auront lieu en mai de cette année pour marquer la première année de l'existence du royaume du Saint-Graal.

« Je suis aussi heureux de voir que vous êtes en train de faire des recherches sur mon lointain ancêtre, qui s'appelait Perceval le Gallois. J'espère que l'on trouvera enfin une réponse sur la question de savoir ce qu'il est devenu.

« Etes-vous membre d'un tiers-ordre, révérend professeur Jean-Daniel ? »

Le révérend professeur Jean-Daniel lui répondit :

« Oui, je suis tertiaire de l'abbaye cistercienne de Notre-Dame de Tarnier qui s'est spécialisée dans la formation des prêtres diocésains et des théologiens laïcs, car à Lyon nous avons aussi une faculté de théologie pour les laïcs et un séminaire de prêtres diocésains qui se trouve à Ars, au nord de Lyon.

« Un certain nombre de jeunes gens préfèrent étudier la théologie et se former à la prêtrise dans le cadre d'un monastère cistercien, comme Tamier. D'ailleurs je vais me rendre à Tamier dans quelques semaines pour l'Ascension. »

Le roi Perceval dit au révérend professeur Jean-Daniel :

« Je suis vraiment très intéressé de voir que même des professeurs d'université sont membres d'un tiers-ordre rattaché à une abbaye cistercienne qui, de plus, forme des prêtres diocésains et des théologiens laïcs.

« Je vais bientôt commencer mon noviciat de tertiaire à l'abbaye bénédictine de Mouthier-Royal où j'ai fait mes études fondamentales. »

Le révérend professeur Jean-Daniel demanda au roi Perceval des nouvelles du roi Arthur. Le roi Perceval répondit au révérend professeur Jean-Daniel :

« Oui, j'ai eu des nouvelles toutes récentes car je me suis rendu en Angleterre au mois de janvier à l'abbaye bénédictine de Glastonbury où le roi Arthur est en train de faire un second noviciat de tertiaire. Il était déjà tertiaire au sixième siècle mais après sa sieste de six cents années, les moines de cette abbaye ne se souvenaient plus du tout qu'il était déjà tertiaire et ils ont préféré lui demander de faire un nouveau noviciat.

« Vous savez, révérend professeur Jean-Daniel, en plusieurs siècles les choses changent. Les archives se perdent, et après plusieurs siècles, plus personne ne se rappelle qui était tel ou tel moine, tel ou tel moine-prêtre ou tel tertiaire ou père abbé ou supérieur.

« J'entretiens toujours d'étroites relations avec lui. Pour moi, le roi Arthur a été beaucoup plus qu'un maître d'apprentissage de chevalier, c'était un ami et même un second père. J'ai été très heureux de le connaître et il m'a appris beaucoup de choses, tout comme le père abbé Gérard et les moines de l'abbaye bénédictine de Mouthier-Royal. »

Le roi Perceval prit congé du révérend professeur Jean-Daniel, des étudiants et professeurs, et retourna passer la soirée et la nuit chez son ami d'enfance, le duc de Lyon, sire Simon.

Sire Simon dit au roi Perceval :

« Alors, cette journée s'est-elle bien passée ? »

Le roi Perceval dit à sire Simon :

« Oui j'ai très bien passé cette journée avec les étudiants et les professeurs de l'université de Lyon. »

Pendant le repas, le roi Perceval continua sa conversation et dit à sire Simon :

« J'ai donc fait une conférence sur le Saint-Graal, son royaume et sa naissance, et puis j'ai eu un dialogue avec le révérend professeur Jean-Daniel qui est aussi prêtre et tertiaire d'une abbaye cistercienne située qui forme des prêtres diocésains et des théologiens laïcs. »

Sire Simon dit au roi Perceval :

« J'ai trouvé ta conférence très intéressante car sans que tu t'en aperçoives j'ai aussi assisté à ton discours qui parlait de ta vie, de tes études fondamentales, du temps où tu étais un écuyer du roi Arthur.

« J'ai particulièrement aimé ta façon de parler des croisades et de leur fin tant souhaitée, et du traité de paix internationale et interreligieuse, et surtout ta façon de parler de la découverte du Saint-Graal. »

Le roi Perceval dit à son ami d'enfance, sire Simon :

« Oui c'était une bonne conférence et j'espère que j'aurai l'occasion d'en donner d'autres.

« Ah ! Ce repas est tellement bon avec ces pommes de terre gratinées et cette viande et sa si bonne sauce au vin, et ce bon dessert composé de fraises des bois et de framboise que l'on nous sert maintenant ! »

Le repas terminé, sire Simon et le roi Perceval retournèrent dans leurs chambres respectives. Après une bonne nuit passée au château du duc de Lyon, le roi Perceval prit congé de sire Simon et reprit possession de son carrosse et de son cheval Roland. Et il repartit en direction de son énorme château octogonal. Le voyage dura deux jours mais le roi Perceval ne s'arrêta pas à Dijon. Il passa la nuit dans une petite ville qui s'appelle Beaune et qui est réputée pour son célèbre Hôtel-Dieu. L'auberge était située à côté de l'Hôtel-Dieu.

Le roi Perceval était très heureux d'avoir pu aller à la rencontre de la jeunesse pour lui parler de sa découverte du Vase sacré et de la naissance du royaume du Saint-Graal.

Heureux aussi d'avoir revu son ami d'enfance, sire Simon, duc de Lyon.

CHAPITRE III

LE ROI PERCEVAL REÇOIT UNE LETTRE DU PERE GERARD DE L'ABBAYE BENEDICTINE DE MOUTHIER-ROYAL ET COMMENCE SON NOVICIAT DE TERTIAIRE PAR UNE RETRAITE PROLONGEE QUI DURE JUSQU'A L'ASCENSION

Après un voyage à travers la campagne bourguignonne qui commençait à fleurir et à sentir un début de printemps après un long et rude hiver, le roi Perceval arriva dans son immense château octogonal et confia son cheval Roland et son carrosse à l'écurie du château.

Une fois arrivé dans la grande salle, son secrétaire qui s'appelait Paul, dit au roi Perceval :

« Sire Perceval, que je suis content de vous revoir ! Vous avez reçu une lettre de l'abbaye bénédictine de Mouthier-Royal. Je l'ai mise sur votre bureau. »

Le roi Perceval se rendit dans son bureau, ouvrit l'enveloppe et lut la lettre du père Gérard.

« Cher roi Perceval,

Je vous écris cette lettre pour vous inviter à une retraite durant laquelle vous serez invité à commencer votre noviciat de tertiaire, car la communauté et moi-même nous préoccupons sérieusement de savoir si vous tenez à faire partie du tiers-ordre bénédictin.

Ici à l'abbaye, notre communauté va bien et nous avons dix novices en formation et trois postulants.

Notre abbaye va bientôt ouvrir un séminaire de formation de prêtres diocésains car l'évêque de Rennes a pris la décision d'avoir un deuxième séminaire, le séminaire actuel étant devenu trop petit pour accueillir tous les jeunes gens appelés à devenir prêtres diocésains. L'évêque a donc pris contact avec nous. Après discussion avec la communauté, nous avons décidé d'accueillir des jeunes gens qui se destinent à la prêtrise diocésaine.

Quant à nos jeunes élèves, ils vont bien, même s'ils ont parfois besoin d'être disciplinés, non pas par des châtiments corporels, car c'est interdit, mais par des retenues et par des travaux d'aide à la communauté, car ils sont parfois turbulents. Mais dans l'ensemble ils sont gentils et studieux.

J'espère que votre réponse nous parviendra vite.

Tous mes vœux de notre part, mes meilleures salutations.

Que Dieu vous bénisse. À bientôt.

Le père Gérard
et la communauté des moines bénédictins
de l'abbaye de Mouthier-Royal. »

Après avoir lu la lettre du père Gérard, le roi Perceval prit du papier et une plume pour répondre par retour du courrier.

« Mon cher révérend père abbé Gérard et mes chers frères,

Je suis très heureux de répondre favorablement à votre invitation à entrer dans le tiers-ordre bénédictin de votre abbaye. Je ne vous ai pas écrit pendant un certain temps car j'ai eu beaucoup de choses à faire, mais je ne vous ai pas oublié et je vous ai porté dans toutes mes prières.

Maintenant, je vais préparer mon prochain voyage dont le but sera mon noviciat de tertiaire. Je pourrai le débuter à l'Ascension, avant les premières élections parlementaires du royaume du Saint-Graal qui auront lieu à la Pentecôte de cette année.

Je me réjouis beaucoup de commencer mon noviciat de tertiaire avec vous et les moines de votre abbaye bénédictine de Mouthier-Royal, comme j'ai été heureux de faire mon diplôme d'études fondamentales dans votre abbaye.

Je vous remercie de m'accepter dans le tiers-ordre bénédictin.

Que Dieu vous bénisse et bénisse votre abbaye bénédictine de Mouthier-Royal

Sire Perceval,
roi du Saint-Graal. »

Le mois de mai approchait très rapidement, les fleurs et plantes des jardins du grand château du Saint-Graal reprenaient forme après un très long hiver froid. Les pâquerettes reprenaient des couleurs, les abeilles recommençaient à butiner dans les tagettes jaune orange, ou dans les tulipes rouges. Les capucines commençaient à fleurir comme les jonquilles qui étaient jaune vif ou jaune citron.

Les jours devenaient plus longs et le roi Perceval pouvait prendre ses repas du soir à la lumière du jour. Il ressortit son télescope pour observer les étoiles, planètes, voie lactée, nébuleuses et les cratères de la Lune.

Le roi Perceval faisait de la gymnastique dans un très beau gymnase aménagé dans une des ailes est du château octogonal. Il avait découvert ce gymnase lors de sa première visite du grand château peu après son couronnement. Il nageait dans la piscine située à côté du gymnase.

Il allait à la messe chaque jour à midi, et à dix heures du matin le dimanche et les jours fériés et il retournait à l'église pour un petit office du soir.

Il avait un prêtre aumônier, qui était chevalier à la cour du duc de Dijon, sire Pierre, lorsque sire Pierre était encore sur le trône du duché de Dijon. Ce prêtre s'appelait Pacôme. Il avait fait ses études de théologie et sa formation de prêtre à l'abbaye cistercienne de Tarnier en même temps que sa formation de chevalier, et il était tertiaire de l'abbaye cistercienne de Tamier.

Le révérend Pacôme et le roi Perceval avaient beaucoup de contacts car le révérend Pacôme était le guide spirituel du roi Perceval. Le roi Perceval et le révérend Pacôme s'entendaient comme deux frères.

Le roi Perceval informa son aumônier de ses projets :

« Dans quelques jours, je partirai l'abbaye bénédictine de Mouthier-Royal pour commencer mon noviciat de tertiaire à l'Ascension. »

Le révérend Pacôme lui répondit :

« Je me réjouis que même un roi comme vous souhaite devenir tertiaire. Il me semble que presque tous les sires, chevaliers, barons, ducs et princes sont tertiaires d'une abbaye bénédictine, cistercienne ou cartusienne.

« Cela prouve que saint Benoît ou saint Bernard sont vraiment très populaires et ont beaucoup à apporter à notre civilisation chrétienne.

« Et je tiens à vous dire, cher sire Perceval, que sans vous, sans votre découverte de ce beau Vase sacré qui se trouve au sous-sol de cet immense château et sans votre intervention pour arrêter ces horreurs de croisades, nous serions encore au Moyen-âge. »

Le roi Perceval lui répondit :

« Je suis vraiment touché de ce que vous venez de dire, et je vous apprécie beaucoup. Que Dieu vous bénisse, révérend Pacôme. »

L'Ascension était toute proche. Le roi Perceval prépara ses bagages et dit à Paul, son secrétaire et au révérend Pacôme :

« Voilà, je partirai demain à l'abbaye bénédictine de Mouthier-Royal, car l'Ascension est dans deux semaines. Je vous confie mon château. Que Dieu vous bénisse et bénisse ce grand château. »

Le roi Perceval quitta de bonne heure son château octogonal de la Forêt Mystérieuse avec son cheval Roland et son carrosse, en direction de l'abbaye de Mouthier-Royal qui était près de Rennes.

Le voyage dura trois jours et grâce aux pierres photoluminescentes et à leurs porte-pierres, le roi Perceval put faire de très longs trajets avec Roland son cheval et son carrosse. Le roi Perceval mit deux citrines photoluminescentes de chaque côté du carrosse, une aigue-marine au milieu et deux grenats à l'arrière. Il gardait toujours deux citrines photoluminescentes dans le coffre de son carrosse, et un grenat de secours. Les pierres photoluminescentes étaient souvent en forme de galets bien polis et brillants.

Le roi Perceval s'arrêta dans une petite ville qui s'appelait Saint-Julien. Il prit son repas, composé de pommes de terre en soupe et d'une tarte aux pommes comme dessert, dans une petite auberge puis il y passa la nuit.

Après son petit-déjeuner, le roi Perceval et son cheval Roland reprirent la route. Il prit son repas de midi à Orléans chez un duc qui s'appelait Emile. C'était un homme de cinquante ans qui était chauve et qui était tertiaire d'une abbaye cartusienne située en Isère. Sire Emile était le duc d'Orléans et avait entendu parler des exploits du jeune sire Perceval en Israël et de sa découverte du Saint-Graal.

Sire Emile ouvrit la porte de son château et dit au roi Perceval :

« Bonjour, c'est bien vous le jeune chevalier Perceval qui a mis fin à ces abominables croisades et à retrouvé ce Vase sacré que l'on recherchait depuis des siècles ? »

Etonné de voir que sire Emile, duc d'Orléans, connaissait très bien l'histoire de ses exploits, le roi Perceval lui dit :

« Je suis surpris et étonné que vous connaissiez mon histoire. Comment avez-vous su cela, sire Emile ? »

Le duc d'Orléans dit au roi Perceval :

« C'est le jeune duc de Paris, sire Christian-Côme, qui m'a rendu visite il y a deux semaines et qui m'a raconté vos exploits. Il vous a vu à Paris, au Panthéon que vous étiez en train de visiter, au mois de juillet ou d'août de la précédente année de grâce, en l'an onze cent quatre-vingt-dix.

« Je suis tertiaire d'une abbaye cartusienne située dans l'Isère. Je m'y rends deux fois par année. Ils sont vraiment très austères, ne trouvez-vous pas, sire Perceval ? »

Le roi Perceval lui dit :

« Oui, oui, je trouve ces moines cartusiens austères. Moi-même je suis allé dans une abbaye cartusienne située près de la ville de Pavie, au sud de Milan, lorsque je suis parti pour Israël. Et je n'ai pas été autorisé à travailler avec les moines. Quant à leur demander de manger avec eux dans leur réfectoire, c'était tout simplement impossible. Ils mènent une vie strictement séparée du reste du monde, et ce fut un très grand miracle de pouvoir séjourner quelques jours dans leur monastère. »

Il est vrai que les moines cartusiens n'accueillent jamais d'hôtes et les rares hôtes qu'ils accueillent sont les membres de leurs familles et les tertiaires cartusiens. Ils logent dans une hôtellerie qui est tout à fait séparée du monastère.

Le roi Perceval avait eu ce grand privilège car il avait dit au père abbé de Pavie qu'il avait reçu la mission de mettre un terme aux croisades, et le père abbé, ému, avait exceptionnellement accepté de le loger dans le monastère même.

Le jour passa très vite et le roi Perceval quitta le château du duc d'Orléans, sire Emile, vers trois ou quatre heures de l'après-midi. Il s'arrêta pour le souper et la nuit dans une petite ville qui s'appelait Vendôme et il confia son cheval Roland et son carrosse à l'écurie de Vendôme. Il prit son souper qui était composé d'une soupe de pommes de terre et de carottes et d'une tarte aux myrtilles. Il passa la nuit dans une auberge, prit son petit-déjeuner composé d'une tartine au beurre avec de la gelée de framboise et d'un café, et reprit la route vers Rennes.

Après s'être arrêté pour manger chez les moines bénédictins de Solesmes qui le connaissaient très bien, le roi Perceval arriva vers trois heures devant le portail de l'abbaye bénédictine de Mouthier-Royal.

Il fut accueilli par le père Gérard :

« Comme nous sommes heureux de vous revoir ici ! Comment allez-vous, sire Perceval ? »

Le roi Perceval répondit :

« Je vais très bien. J'ai commencé mon nouveau métier de roi et j'ai même reçu la visite du jeune pharaon d'Egypte, ce qui a constitué le tout premier contact diplomatique du royaume du Saint-Graal. »

Le père Gérard dit au roi Perceval :

« Je vois que notre ancien élève est devenu roi et a déjà reçu la visite d'un roi étranger. C'est un très bon début pour notre tout jeune royaume du Saint-Graal. Comme c'est dimanche demain, nous attendrons lundi pour commencer notre entretien en vue de votre noviciat de tertiaire Normalement, le noviciat dure cinq ans, entre seize et vingt et un ans, mais compte tenu de votre double formation de chevalier et de théologien qui a duré cinq ans, nous allons raccourcir votre noviciat à un an. D'autant plus avec une activité aussi importante que la vôtre.

« Soyez le bienvenu dans notre abbaye bénédictine. Notre père hôtelier vous donnera une chambre à l'hôtellerie. Sentez-vous à l'aise, vous êtes chez vous ici, sire Perceval. Dans une heure, nous aurons l'office des vêpres.

« Que Dieu vous bénisse et bénisse votre noviciat de tertiaire. »

Le père Gérard retourna dans la clôture et le roi Perceval se rendit dans sa chambre où il s'installa. C'était une splendide chambre qui donnait sur le grand jardin situé à côté de l'église, entre l'hôtellerie et le monastère.

Le roi Perceval pouvait apercevoir la construction du tout nouveau bâtiment qui devait abriter le séminaire de prêtres en formation pour le diocèse de Rennes. En effet, l'évêque de Rennes et le père Gérard s'étaient mis d'accord pour établir un nouveau séminaire de formation de prêtres diocésains, en plus du collège d'études fondamentales. Les moines bénédictins devaient accueillir dans un proche avenir des jeunes gens se destinant à la prêtrise diocésaine. Comme à Tamier, à cela près qu'à Tarnier les moines cisterciens n'ont pas de collège d'études fondamentales.

Le roi Perceval alla à tous les offices du dimanche, et le lundi arriva. Après avoir passé une bonne nuit et prit un bon petit déjeuner, le roi Perceval se rendit dans le bureau du père abbé Gérard.

Le père Gérard accueillit le roi Perceval dans son bureau :

« Bonjour, sire Perceval, comment allez-vous ? »

Le roi Perceval répondit :

« Je vais très bien. J'ai très bien dormi et je suis content de commencer mon noviciat de tertiaire bénédictin. Je tiens toujours mes promesses, mais parfois avec du retard. Il est vrai qu'avec mon métier de roi et de chevalier, je n'avais pas vraiment le temps de commencer mon noviciat de tertiaire en même temps que mes deux premières missions : l'arrêt des croisades et la découverte du Vase sacré. Mais je n'ai jamais oublié mon projet de devenir tertiaire bénédictin et je suis vraiment très heureux de devenir membre de votre tiers-ordre bénédictin. »

Le père Gérard reprit la parole et dit au roi Perceval :

« Comme c'est la coutume dans notre ordre lorsque nous recevons un candidat au noviciat de moine ou de moine-prêtre ou de tertiaire, nous allons commencer par un entretien, qui dans votre cas sera court puisque je vous connais depuis votre tendre enfance et que je connais votre parcours de vie presque par cœur. Parlez-moi de votre parcours après votre diplôme d'études fondamentales. »

Le roi Perceval dit au père Gérard :

« J'ai donc terminé mes études fondamentales à seize ans, en l'an de grâce onze cent quatre-vingt-trois. J'ai commencé ma formation de chevalier avec le roi Arthur qui, depuis, est redevenu tertiaire de l'abbaye bénédictine de Glastonbury.

« J'ai aussi entrepris des études universitaires de théologie car en Angleterre, selon la coutume, les jeunes gens préadultes entreprennent des études universitaires en même temps que leur formation de chevalier.

« A vingt et un ans, j'ai été adoubé et dans le même temps, j'ai obtenu ma maîtrise en théologie, en l'an de grâce onze cent quatre-vingt-huit.

« Après mon adoubement, je suis allé faire une retraite chez les moines bénédictins de l'abbaye de Westminster avec les jeunes gens de ma volée, et une nuit, j'ai fait un rêve dans lequel Dieu me demandait d'aller en Israël pour mettre un terme aux croisades qui furent une calamité. C'est ce que j'ai fait après en avoir parlé au roi Arthur qui accepta que je me rende en Israël. Après avoir traversé toute la France, le duché de Fribourg, le val d'Aoste, le duché de Milan et toute l'Italie, je me suis embarqué à Naples en direction d'Israël. Je suis arrivé en Israël qui était ravagée par les croisades. Par chance, le grand temple n'était pas trop endommagé ; il était en réfection et je suis monté sur une grande échelle. Avec une corne qui m'a servi de porte-voix, j'ai parlé aux tristes sires et leur ai demandé de mettre fin immédiatement aux croisades et de demander pardon pour tout le mal qu'ils avaient fait. Les tristes sires ont été tellement abasourdis par mon discours qu'ils ont compris qu'il fallait cesser immédiatement ces croisades. Dès lors les croisades furent terminées.

« Après l'arrêt des croisades, j'ai organisé une conférence internationale et interreligieuse avec les chefs des trois principales religions durant laquelle a été adopté un traité de paix internationale et interreligieuse que nous avons tous signé.

« Ayant remis ce traité au pape Joachim à mon retour d'Israël, j'ai entrepris ma deuxième mission qui consistait à retrouver le Saint-Graal.

« Après avoir traversé les principautés d'Italie, je suis revenu en France. L'an dernier, à l'Ascension, je suis allé à l'abbaye de Cîteaux pour l'ordination de mon frère Gérald qui est devenu moine-prêtre. Et de l'Ascension à la Pentecôte, j'ai effectué une retraite à l'abbaye de Clairvaux. Là, je suis allé visiter une petite chapelle attenante à l'abbaye. Intrigué par une porte mystérieuse, je suis allé voir ce qu'il y avait derrière. Avec une pierre photoluminescente, j'ai parcouru un long couloir, et je suis arrivé dans une immense salle octogonale où se trouvait le Vase sacré. Je suis allé voir ce qu'il y avait au dessus et là, j'ai découvert un immense château de forme octogonale.

« Après la découverte du Vase sacré du Saint-Graal, j'ai annoncé cette découverte au roi Arthur, à mes parents que vous connaissez très bien et à toutes les cours d'Europe et de Nouvelle-France.

« Vers le vingt août de l'an de grâce onze cent quatre-vingt-dix, le roi Arthur, pour me récompenser de ma bravoure, a décidé de me faire roi du tout nouveau royaume du Saint-Graal. »

Le père Gérard dit alors au roi Perceval :

« Je vois que mon élève qui voulait absolument devenir chevalier est devenu un grand roi dans un tout nouveau royaume, et qu'il a réussi à mettre fin à ces sinistres croisades et à nous faire sortir des années sombres du Moyen-âge.

« Et il a enfin trouvé ce Vase sacré que l'on recherchait depuis plusieurs siècles.

« Maintenant comment allez-vous faire pour diriger cet immense royaume qui s'appelle désormais le royaume du Saint-Graal ? »

Le roi Perceval répondit au père Gérard :

« J'ai commencé mon nouveau métier de roi par un discours du trône axé sur la création et la composition du royaume du Saint-Graal, le respect de l'être humain et sa dignité, le passage de l'enfance à l'âge adulte à travers la prémajorité, et le vote au niveau parlementaire à seize ans comme pour les élections épiscopales et pontificales.

« J'ai également inscrit dans mon discours du trône l'interdiction de l'usage des animaux dans les cirques. J'ai trop souffert d'avoir vu des animaux recevoir des coups de fouets pour qu'ils fassent des numéros destinés à amuser le public, ce qui m'a écœuré lorsque mes parents et mes frères et sœurs m'emmenaient au cirque.

« J'ai aussi souligné l'importance des relations diplomatiques et de la promotion des arts. D'ailleurs j'ai déjà reçu la visite d'un premier roi étranger, le jeune pharaon d'Egypte qui s'appelle Ossyrius et qui est israélite. Les Egyptiens sont en grande majorité israélites, puisque l'Egypte a servi de refuge aux Israélites durant tant d'années de persécution, surtout pendant les croisades.

« Vous allez accueillir des jeunes gens préadultes qui se destinent à la prêtrise diocésaine, paraît-il ? »

Le père Gérard dit au roi Perceval :

« Oui, il est exact que nous allons accueillir des jeunes gens préadultes qui se destinent à la prêtrise diocésaine. C'est une très bonne chose, car ces jeunes gens montreront l'exemple à nos jeunes élèves qui sont parfois très turbulents.

« Les élèves ont besoin de jeunes gens préadultes qui montrent l'exemple en matière de bonnes manières, de discipline, de respect mutuel, et nous pensons que des jeunes gens préadultes entre seize et vingt et un ans peuvent très bien, dans notre abbaye, nous seconder et nous aider à préserver l'ordre et la discipline qui doivent régner dans un collège d'études fondamentales. »

Le roi Perceval reprit la parole et dit au père Gérard :

« C'est une très bonne chose que notre évêque de Rennes, Monseigneur Irénée, qui a été élu pendant que j'étais en Israël, ait eu l'idée d'établir un séminaire de prêtres diocésains à l'abbaye bénédictine de Mouthier-Royal. Nous contribuerons ainsi au rayonnement spirituel de cette abbaye, et ils pourront servir d'exemple aux élèves qui, vous me l'avez dit dans votre lettre et vous venez de me le redire dans l'entretien, sont parfois très turbulents et très indisciplinés. L'accueil de jeunes gens préadultes dans notre abbaye reflète très bien ce que j'ai dit dans mon discours du trône : à seize ans, un être cesse d'être un enfant pour devenir un jeune homme ou une jeune femme préadulte. Et l'exemple de notre abbaye bénédictine de Mouthier-Royal d'accueillir des jeunes entre seize et vingt et un ans est un exemple visible qu'à seize ans on cesse d'être un enfant. A seize ans on a franchi un premier pas avec l'obtention du diplôme d'études fondamentales, et on obtient la possibilité de choisir un métier et de voter aux élections parlementaires et aux élections pontificales et épiscopales. La civilisation occidentale considère que l'âge préadulte ou l'adolescence est un âge important dans la vie humaine. Avant seize ans un être est un enfant et doit le rester et sa place est à l'école ou au collège d'études fondamentales. Il a besoin d'un encadrement et d'une discipline, avec des adultes et avec des jeunes gens préadultes qui servent d'exemple en matière de discipline, de politesse, de respect mutuel et de bonnes manières. »

Après avoir écouté le roi Perceval, le père Gérard lui dit :

« Ce que vous me dites est très intéressant car vous soulignez combien la présence de séminaristes préadultes peuvent servir d'exemple aux élèves plus jeunes. Les jeunes élèves peuvent aussi compter sur ces jeunes préadultes séminaristes car ils pourront nous aider dans nos tâches d'enseignement. Vous percevez bien l'importance de cette transition de l'enfance à l'âge adulte à travers le statut de préadulte, avec droit de vote à seize ans. Je trouve que vous êtes un chevalier-roi plein de bonnes idées pour notre royaume du Saint-Graal qui vient de naître.

« Maintenant, nous allons voir comment va se dérouler votre noviciat de tertiaire. Comment envisagez-vous la planification de votre noviciat de tertiaire, sire Perceval ? »

Le roi Perceval reprit la parole :

« Je pense que mon noviciat de tertiaire pourrait prendre la forme d'une série de deux ou trois longues retraites de dix à quinze jours chacune, sur une période de une année. Et au cas où vous estimeriez que ce n'est pas assez long, je pourrais envisager de faire mon noviciat sur une année et demie ou peut-être sur une période de deux ans.

« Me serait-il possible de faire certains travaux comme, par exemple, aider à la cuisine, au jardin ou au verger ? »

Le père Gérard répondit au roi Perceval :

« Oui, cela est tout à fait possible, à condition de respecter le silence dans la clôture. Que Dieu vous bénisse et vous accompagne dans votre noviciat de tertiaire bénédictin. »

C'est ainsi que commença le noviciat de tertiaire du roi Perceval. Le père abbé Gérard et le roi Perceval arrêtèrent que le noviciat durerait un an à partir de cette retraite qui débuta en la solennité de Saint-Mathias, le quatorze mai de l'an de grâce onze cent quatre-vingt-onze.

Le roi Perceval fut très heureux de pouvoir commencer son noviciat de tertiaire bénédictin à l'abbaye bénédictine de Mouthier-Royal.

CHAPITRE IV

LE ROI PERCEVAL SE REND A PARIS POUR RENCONTRER MONSEIGNEUR HERVE ET SIRE CHRISTIAN-COSME, RENTRE AU CHATEAU DU SAINT-GRAAL ET REÇOIT UNE LETTRE DE SIRE NICOLAS, PRINCE DES ILES D'EMERAUDE

Après avoir passé dix jours à l'abbaye bénédictine de Mouthier-Royal, le roi Perceval se rendit à Paris où il rencontra Monseigneur Hervé et sire Christian-Cosme. Il sonna à l'évêché. Monseigneur Hervé alla à sa rencontre et lui dit :

« Bonjour, sire Perce val, comment allez-vous et comment s'est déroulé votre première année de règne ? »

Le roi Perceval dit à Monseigneur Hervé :

« Ma première année de règne s'est très bien passée, dans la lumière de Dieu et dans celle du Saint-Esprit. J'ai prononcé mon premier discours du trône, j'ai également restauré le château de la Forêt Mystérieuse.

« Je viens de commencer mon noviciat de tertiaire à l'abbaye bénédictine de Mouthier-Royal, l'abbaye où j'ai fait mes études fondamentales.

« Et au début de cette nouvelle année, j'ai reçu la visite d'un roi étranger en la personne du jeune pharaon Ossyrius d'Egypte. »

Monseigneur Hervé convia le roi Perceval dans la salle à manger de la résidence épiscopale où se trouvait un hôte particulier, sire Christian-Cosme, le jeune duc de Paris.

Monseigneur Hervé déclara :

« Nous sommes heureux de partager ce repas du soir avec notre roi Perceval. »

Il récita la prière de bénédiction, lut un passage de la bible, dans l'évangile de saint Mathieu et demanda au roi Perceval de raconter son début de règne.

Le roi Perceval commença sa narration sur le début de son règne et dit :

« J'ai commencé mon nouveau métier de roi par mon

premier discours du trône, et au début de cette année onze cent quatre-vingt-onze, j'ai reçu la visite d'un roi étranger en la personne du pharaon Ossyrius d'Egypte. Nous avons d'ores et déjà signé un accord de rapprochement entre nos deux royaumes.

« Peu de temps après, j'ai présidé une conférence sur la découverte du Saint-Graal et sur la naissance du royaume du Saint-Graal à l'université de Lyon.

« Et je viens de commencer mon noviciat de tertiaire bénédictin à l'abbaye bénédictine de Mouthier-Royal, dans laquelle j'ai effectué mes études fondamentales. »

Sire Christian-Cosme dit alors au roi Perceval :

« Je vois ! Vous avez mis un terme à ces croisades et retrouvé ce soi-disant Vase sacré appelé Saint-Graal ! Je n'accepte pas que l'on vous ait couronné roi, car vous n'êtes pas digne d'être le roi de ce nouveau royaume. »

Le roi Perceval se fâcha très fort et dit :

« Sire Christian-Cosme, vous n'avez pas le droit de me parler sur ce ton. Vous avez beaucoup de chance de ne pas être mon vassal, car je vous aurais envoyé immédiatement dans un camp disciplinaire et je vous aurais destitué sur le champ pour outrage à un roi en fonction.

« Je n'ai jamais vu un sire aussi froid et aussi sec que vous. »

La chaleur humaine de Monseigneur Hervé était heureusement là pour calmer la tension entre le roi Perceval et sire Christian-Côme. Il leur dit :

« Allons, allons, calmez-vous et appréciez le repas que je vous ai servi. »

Sire Christian-Cosme quitta la table et se borna à dire merci pour le bon repas.

Une fois le jeune duc parti, Monseigneur Hervé dit au roi Perceval :

« Ne vous en faites pas, sire Perceval. Comme je vous l'avais dit, sire Christian-Cosme est un jeune chevalier-duc qui n'est pas facile à approcher et je crois qu'il est jaloux parce qu'il n'a pas pu faire des exploits comme les vôtres. Lorsque je l'ai confirmé à sa prémajorité, sire Christian-Cosme était un garçon froid, distant et difficile à approcher, et il a perdu son père alors qu'il était tout juste majeur. Je pense qu'il a eu de la peine qu'un jeune homme du même âge que lui devienne roi du nouveau royaume du Saint-Graal.

« Je pense et j'espère qu'il deviendra un bon duc, doux et chaleureux. Vous savez, sire Perceval, l'être humain change au cours d'une vie. Il faut lui donner une chance et le remettre entre les mains du Seigneur. Il faut bien prier pour lui. »

Le roi Perceval dit à Monseigneur Hervé :

« Vous avez raison, Monseigneur Hervé. Je pense que ce jeune duc a beaucoup à apprendre encore et qu'il se repentira du tort qu'il m'a fait. J'espère que je ne vivrai pas un second mauvais moment surtout dans un aussi bel endroit que votre évêché.

« Bon il se fait tard, je vais aller me coucher. Que Dieu vous bénisse et vous remercie de votre bonté. »

Le roi Perceval regagna sa chambre d'hôte de la résidence épiscopale de Monseigneur Hervé qui l'avait accueilli si chaleureusement. Il essaya d'oublier cette relation tendue avec le jeune duc de Paris. Pour le roi Perceval, sire Christian-Cosme n'était pas un ami mais un rival. Le roi Perceval pria pour lui et s'endormit jusqu'au lendemain.

Après une longue nuit tranquille, le roi Perceval se réveilla et arriva dans la salle à manger où se trouvait Monseigneur Hervé qui lui demanda s'il avait bien dormi :

Le roi Perceval lui répondit :

« Oui, j'ai très bien dormi et j'espère que je me remettrai de cette attitude peu digne de la part d'un jeune duc. J'ai été vraiment outré par son attitude à mon égard. J'espère qu'il se corrigera dans l'avenir. »

Monseigneur Hervé dit d'une voix très douce :

« Comme je vous l'ai dit hier soir, il faut lui pardonner et ne pas lui en vouloir. Ce jeune duc va certainement change. Il finira par apprécier l'importance de ce grand royaume.. »

Le roi Perceval répondit à Monseigneur Hervé :

« Je l'espère ! Je vous remercie de votre hospitalité. »

Avant de repartir pour son château, le roi Perceval passa une journée avec les étudiants de l'université de la Sorbonne en leur recommandant d'aller voter.

Nous étions à la Pentecôte, ce qui coïncidait avec le premier anniversaire de la naissance du royaume du Saint-Graal. Le roi Perceval donna une conférence sur le royaume du Saint Graal, beaucoup plus brève que celle qu'il avait donnée à Lyon.

Il visita un bureau de vote pour avoir une idée de la façon dont son peuple se préparait à aller voter, car c'était la toute première fois qu'une élection au suffrage universel avait lieu dans l'histoire de la civilisation occidentale.

Après sa visite à l'université de la Sorbonne, le roi Perceval retrouva son carrosse et son cheval Roland, et il reprit la route en direction de son château octogonal du Saint-Graal.

Il s'arrêta pour la nuit dans une auberge de la petite ville de Nogent-sur-Seine. Il prit un souper composé de pommes de terre en soupe et d'une tarte aux poires, et dormit dans une chambre mansardée.

Après une bonne nuit, le roi Perceval prit son petit déjeuner composé d'une tartine au beurre avec une confiture aux cerises et d'un café. Après le petit déjeuner, le roi Perceval reprit la route en direction de son château et arriva dans l'après-midi au château du Saint-Graal.

Paul, son secrétaire privé, arriva dans la grande salle du château et dit au roi Perceval :

« Sire, vous avez reçu de Nouvelle-France une lettre écrite par un prince qui s'appelle sire Nicolas des Iles d'Emeraude. Je vous ai mis cette lettre sur votre bureau. »

Le roi Perceval alla à son bureau, ouvrit l'enveloppe et commença à lire la lettre du prince Nicolas des Iles d'Emeraude.

« Bonjour sire Perceval, roi du Saint-Graal,

Je vous écris depuis une contrée très lointaine qui appartient à la fois à la Nouvelle-France et au royaume du Saint-Graal. J'ai appris que vous aviez mis fin aux croisades et retrouvé le Vase sacré qui porte le nom de Saint-Graal.

Je suis un jeune prince puisque j'aurai vingt-cinq ans en août de l'an de grâce onze cent quatre-vingt-douze. J'ai été couronné en l'an de grâce onze cent quatre-vingt-huit, à vingt et un ans car mon père, le prince Jean-Nicolas, a décidé d'abdiquer en ma faveur et m'a couronné prince régnant des Iles d'Emeraude. Je suis tertiaire de l'abbaye cistercienne de Notre-Dame-du-Lac-des-Saumons.

Les îles d'Emeraude se situent à l'extrémité ouest de la Nouvelle-France. Pour y accéder, il faut traverser toute la Nouvelle-France, qui s'étend de la petite ville de Mont-Royal jusqu'à Granville, à l'autre bout de la Nouvelle-France.

La principauté des Iles d'Emeraude est rattachée à la principauté des Montagnes Rocheuses. Mon père, sire Jean-Nicolas, est resté dans le château de la principauté des Montagnes Rocheuses. Je lui rends visite très régulièrement dans son château, au bord du lac de Saint-Nicolas.

Mon château, lui, se trouve à Fort-Saint-Jean-Baptiste qui est la capitale des Iles d'Emeraude.

Pour aller au château du lac Saint-Nicolas, je traverse la mer et j'arrive à Granville, ville située entre la mer et les montagnes dont l'une s'appelle la Montagne-de-la-Grouse. Je remonte la vallée de la rivière Simon, je traverse la vallée de Saint-Nicolas et j'arrive dans la petite ville de Saint-Nicolas. Le château est au bord du lac de Saint-Nicolas.

Je vous écris pour vous dire que vous êtes cordialement invité à mon anniversaire, l'année prochaine, an de grâce onze cent quatre-vingt-douze, car j'aurai alors vingt-cinq ans.

A bientôt et que Dieu vous bénisse.

Sire Nicolas,
prince des Iles d'Emeraude. »

Le roi Perceval avait hâte de répondre au prince Nicolas des Iles d'Emeraude. Mais avant de commencer à écrire, il fit une prière pour sire Nicolas des Iles d'Emeraude en se rendant dan l'un des grands jardins du château.

Le roi Perceval s'assit sur un petit muret situé sous un grand platane qui était en fleurs. Ce jardin lui servait de lieu de méditation au printemps, en été et en automne. En hiver, il méditait dans l'une des pièces situées à côté de son bureau.

Après sa prière et sa méditation, le roi Perceval regagna son bureau, et sans perdre de temps, il prit une plume et commença à écrire la lettre qu'il destinait au prince Nicolas des Iles d'Emeraude.

« Mon cher sire Nicolas, prince des Iles d'Emeraude,

C'est avec plaisir et bonheur que je viendrai vous rendre visite dans votre château, dans le courant de la prochaine année.

Comme il s'agit là d'un très long voyage, je vais devoir confier le royaume du Saint-Graal à mon père qui est duc de Bretagne et qui s'appelle sire Daniel.

Pour les modalités de ce très grand voyage, je vais prendre contact avec mon frère, sire Christian, qui est amiral et qui s'occupera de me conduire jusqu'en Nouvelle-France. A Mont-Royal, je louerai un carrosse et un cheval et je traverserai toute la Nouvelle-France pour vous rendre visite.

Merci de m'inviter à votre anniversaire, et à bientôt.

Que Dieu vous bénisse.

Sire Perceval,\
roi du Saint-Graal »

Le roi Perceval était ravi et enchanté de se rendre en Nouvelle-France, car la Nouvelle-France représentait la partie nouvelle de la civilisation occidentale, découverte par les Vikings vers l'an de grâce mille ou mille deux.

CHAPITRE V

LE ROI PERCEVAL PREND CONTACT AVEC SON FRERE, L'AMIRAL CHRISTIAN, ET MET EN PLACE UN PROJET DE VOYAGE EN NOUVELLE-FRANCE

Vers l'automne de l'an de grâce onze cent quatre-vingt-onze, après une seconde session de formation de tertiaire bénédictin de dix jours à l'abbaye bénédictine de Mouthier-Royal, le roi Perceval regagna son château octogonal et commença à écrire une lettre destinée à son frère l'amiral Christian.

« Cher amiral Christian,

Je suis très heureux de t'annoncer que je dois me rendre en Nouvelle-France l'année prochaine, en l'an de grâce onze cent quatre-vingt-douze. Le prince Nicolas des Iles d'Emeraude m'a invité à son anniversaire dans son château de Fort-Saint-Jean-Baptiste, capitale de la principauté des Iles d'Emeraude. Le prince Nicolas des Iles d'Emeraude aura vingt-cinq ans, comme moi.

Je t'écris pour te demander de m'aider à planifier mon voyage en Nouvelle-France et je me réjouis beaucoup de te revoir. Merci d'avance, et à bientôt.

Que Dieu te bénisse, et bénisse ce grand voyage en Nouvelle-France que nous allons faire ensemble.

Ton frère Perceval,
roi du Saint-Graal. »

Ayant reçu la lettre de son frère, l'amiral Christian lui répondit :

« Cher frère, sire Perceval, roi du Saint-Graal,

Je te remercie de ta lettre qui m'a fait grand plaisir.

Tu me dis qu'un jeune prince de Nouvelle-France t'invite à son vingt-cinquième anniversaire l'année prochaine.

Cela tombe très bien car j'ai aussi l'intention de me rendre en Nouvelle-France vers le mois de mai, juste après l'Ascension, avec ma caravelle. C'est un très grand navire qui mesure soixante-mètres de long et possède une très belle voilure verte et blanche comme le drapeau du royaume du Saint-Graal.

Je me réjouis beaucoup de te revoir.

A bientôt et que Dieu nous bénisse tous.

> Ton cher frère Christian,
> amiral en chef du royaume du Saint-Graal. »

L'amiral Christian décida de se rendre au château du Saint-Graal pour rencontrer son frère le roi Perceval.

A son arrivée, le roi Perceval ouvrit la grande porte du château, et l'accueillit par ces paroles :

« Bonjour amiral Christian, comment vas-tu ? As-tu fait bon voyage et comment vont les parents, sire Daniel et dame Hélène ? »

L'amiral Christian dit à son frère :

« J'ai fait un très bon voyage depuis Cherbourg, la ville où se trouve le port d'attache des caravelles du royaume du Saint-Graal. Nous avons une flotte de trente caravelles qui naviguent entre le royaume du Saint-Graal et la pharaonie d'Egypte ou le royaume d'Israël, et aussi entre l'ancienne et la nouvelle partie du royaume du Saint-Graal ou Nouvelle-France. Si j'en crois ta lettre, tu veux aller voir le prince Nicolas des Iles d'Emeraude qui t'attend dans son château de Fort-Saint-Jean-Baptiste.

« Pour ce qui est des parents, ils vont très bien. Je suis allé voir notre frère, le père Gérald, qui est devenu moine-prêtre et qui va très bien. Et sire Romain est toujours chevalier à la cour des parents, sire Daniel et dame Hélène. Il va bien aussi. »

Le roi Perceval demanda à son frère, l'amiral Christian :

« Comment va se dérouler mon voyage en Nouvelle-France ? »

L'amiral Christian répondit :

« Ton voyage en Nouvelle-France pourrait être organisé dans le courant de l'année prochaine car, comme je te l'ai écrit, je dois aussi m'y rendre avec ma caravelle l'*Etoile de la Mer*.

« A propos des liaisons maritimes entre la partie ancienne et la partie nouvelle du royaume du Saint-Graal, je pourrais en parler avec la princesse Mirabel, vice-reine de Nouvelle-France, qui vit à Mont-Royal. Je suis sûr qu'elle serait favorable à ce qu'il y ait plus de liaisons maritimes entre l'ancienne et la nouvelle partie du royaume du Saint-Graal, car les Néo-Français se plaignent du manque de liaisons maritimes sur l'Océan Atlantique et ils aimeraient beaucoup voir le roi Perceval, qui est aussi leur roi.

« Dans le courant de cette année, je vais m'arranger pour que l'*Etoile de la Mer* ne soit pas utilisée à d'autres fins que le voyage royal qui est prévu l'année prochaine.

« Il faudra confier le royaume du Saint-Graal à notre père, sire Daniel, car contrairement à ton voyage en Israël, ce grand voyage en Nouvelle-France te prendra plusieurs mois, voire peut-être un an ou même peut-être plus, surtout si tu te rends aux Iles d'Emeraude qui se trouvent à l'autre bout de la Nouvelle-France. Il te faudra compter un bon mois pour le voyage entre Mont-Royal et Granville en passant par Sainte-Boniface, Saint-Albert et Eau-Claire, et de là, franchir les Montagnes Rocheuses.

« Heureusement, il y a une grande route qui traverse toute la Nouvelle-France, et il ne faudra jamais quitter la route car on peut se perdre dans cette immense forêt qui est la Nouvelle-France.

« Sire Nicolas aura très certainement envie de te montrer toute la côte ouest de la Nouvelle-France et cela te prendra deux, voire trois mois ou même plus, et il te faudra environ un mois ou deux pour revenir à Mont-Royal. Et une à deux semaines pour regagner ton immense château de la Forêt Mystérieuse. »

Le roi Perceval demanda à son frère, l'amiral Christian :

« Comment connais-tu si bien la Nouvelle-France, amiral Christian ? Car tu as visiblement une grande connaissance de la partie nouvelle du royaume du Saint-Graal ».

L'amiral Christian dit à son frère le roi Perceval :

« La réponse est toute simple : j'y suis allé de nombreuses fois Je connais même la vice-reine de Nouvelle-France, dame Mirabel, qui a un grand château situé à la Cité-des-Deux-Montagnes.

« Il s'y trouve aussi une abbaye cistercienne, l'abbaye de Notre-Dame-du-Lac-des-Deux-Montagnes. Cette abbaye abrite aussi des moines cisterciens israélites, car la Nouvelle-France a été un refuge pour beaucoup d'Israélites au temps des croisades. Je connais le père abbé qui s'appelle le père Camille. Il interprète la règle bénédictine de façon très ouverte et il est moins sévère que la plupart des supérieurs de monastères cisterciens de l'ancienne partie du royaume du Saint-Graal.

« Pour ce qui est de ton voyage en Nouvelle-France et de ses préparatifs, je te donnerai une carte de la Nouvelle-France pour que tu t'en fasses une idée. »

L'amiral Christian prit son repas avec son frère, le roi Perceval et quitta le château du Saint-Graal pour retourner à Cherbourg.

CHAPITRE VI

LE ROI PERCEVAL CONFIE LE ROYAUME DU SAINT-GRAAL A SES PARENTS SIRE DANIEL ET DAME HELENE DE BRETAGNE

L'an de grâce onze cent quatre-vingt-onze passa très vite. Le roi Perceval passa les fêtes de Noël et de nouvel an à l'abbaye bénédictine de Mouthier-Royal avec sa famille.

Le roi Perceval alla à la rencontre de son père, sire Daniel, et de sa mère, dame Hélène de Bretagne, lorsqu'ils arrivèrent à l'abbaye.

Sire Daniel dit à son fils, le roi Perceval :

« Bonjour, mon fils. Comment vas-tu ? »

Le roi Perceval répondit à son père :

« Bonjour et joyeux Noël, père. Je vais très bien. Outre mon nouveau métier de roi, je suis en train de faire mon noviciat de tertiaire bénédictin.

« Au début de cette année, j'ai reçu la visite d'un roi étranger en la personne du pharaon Ossyrius d'Egypte.

« J'ai aussi donné une conférence sur le Saint-Graal aux étudiants et aux professeurs de l'université de Lyon.

« Et j'ai reçu une lettre d'invitation de la part d'un prince de Nouvelle-France qui s'appelle sire Nicolas des Iles d'Emeraude et qui m'attend dans son château de Fort-Saint-Jean-Baptiste pour fêter ses vingt-cinq ans. »

Le roi Perceval et sa famille étaient dans le parloir de l'abbaye bénédictine de Mouthier-Royal. Le père Gérald était là, lui aussi. Il avait reçu une autorisation spéciale du père abbé de l'abbaye de Cîteaux pour rendre visite à son frère le roi Perceval et à ses parents.

Sire Daniel dit à son fils, sire Perceval :

« La vie du duché de Bretagne suit son cours et il n'y a pas grand chose à raconter. Notre évêque de Bretagne a décidé, avec l'aide de l'abbaye de Mouthier-Royal, de créer un second séminaire de formation de prêtres diocésains

« Pour ce qui est du château lui-même, c'est sire Romain qui s'en occupe avec moi et dame Hélène de Bretagne. Je suis en train de le préparer à son futur métier de duc régnant. J'estime qu'il est temps pour lui qu'il commence son apprentissage. Il n'est pas venu avec nous car il garde notre château pendant notre retraite.

« Nous avons décidé de passer Noël et le nouvel an avec toi, puisque nous avons appris par le père Gérard que tu commençais ton noviciat de tertiaire bénédictin ici. »

L'amiral Christian qui était là, lui-aussi, dit à son père sire Daniel de Bretagne :

« Tu sais que mon petit frère a reçu d'un prince de Nouvelle-France une invitationà se rendre dans son château. Il devra quitter pendant un certain temps la partie ancienne du royaume du Saint-Graal, car ce n'est pas comme pour son voyage en Israël qui n'avait pris que quelques semaines. Dans le cas du projet de voyage en Nouvelle-France, il faudra compter plusieurs mois, peut-être un an, car le prince Nicolas n'habite pas à Mont-Royal qui est à quinze jours ou trois semaines de caravelle depuis Cherbourg, mais à Fort-Saint-Jean-Baptiste, la capitale des Iles d'Emeraude. Les Iles d'Emeraude se trouvent à l'autre bout de la Nouvelle-France. Etant le roi du royaume du Saint-Graal, mon frère sire Perceval devra trouver un régent pour s'occuper des affaires du royaume du Saint-Graal en son absence. »

Sire Daniel dit à ses deux fils :

« Je suis disposé à assurer la régence du royaume du Saint-Graal, ce qui permettrait à sire Romain de se familiariser un peu plus avec son futur métier de duc de Bretagne. Qu'en penses-tu, sire Perceval ? »

Le roi Perceval dit à son père, sire Daniel de Bretagne :

« Père, je suis désireux de te confier la régence du royaume du Saint-Graal, et très heureux que tu l'acceptes ! »

Dame Hélène de Bretagne dit à son fils, le roi Perceval :

« Je suis heureuse de voir que notre fils Perceval est devenu un roi très occupé et en partance pour la Nouvelle-France, et de voir que même un roi comme toi, sire Perceval, n'hésite pas à faire son noviciat de tertiaire bénédictin.

« J'aurai beaucoup de joie à découvrir ton immense château et à m'en occuper. »

Toute la famille du roi Perceval passa le nouvel an chez les moines bénédictins de l'abbaye de Mouthier-Royal.

Une fois les fêtes de Noël et de nouvel an passées, le roi Perceval retourna dans son château de la Forêt Mystérieuse. Sire Daniel et dame Hélène retournèrent au château du duché de Bretagne.

Quant à l'amiral Christian, il retourna à Cherbourg car il devait préparer une caravelle pour un voyage au royaume des Vikings, car le royaume du Saint-Graal comprenait un royaume situé très au nord de l'Europe qui s'appelait le royaume des Vikings.

CHAPITRE VII

LE ROI PERCEVAL PART EN NOUVELLE-FRANCE AVEC SON FRERE L'AMIRAL CHRISTIAN

Le printemps de l'an de grâce onze cent quatre-vingt-douze arriva très rapidement et le roi Perceval prépara scrupuleusement son voyage vers la Nouvelle-France.

Au mois de mai, il se rendit à l'abbaye bénédictine de Mouthier-Royal pour la dernière session de son noviciat et devint tertiaire bénédictin lors de la messe du jour de l'Ascension, en la solennité de Saint-Grégoire, le vingt-cinq mai de l'an de grâce onze cent quatre-vingt-douze.

Le roi Perceval remercia très chaleureusement le père Gérard de l'avoir accepté comme tertiaire dans le tiers-ordre bénédictin de Mouthier-Royal et reprit son carrosse et son cheval Roland.

Une fois arrivé au château de la Forêt Mystérieuse, le roi Perceval eut la surprise d'y trouver ses parents, sire Daniel et dame Hélène, en compagnie de l'amiral Christian. En effet, le roi Perceval avait donné rendez-vous à son frère Christian au château du Saint-Graal et l'amiral Christian avait décidé d'emmener ses parents au château avec lui, ce qui émut le roi Perceval.

L'amiral Christian déclara :

« Sire Perceval, comme il était prévu que je vienne te chercher avec mon carrosse et ma jument Julie, j'ai pris la décision d'emmener avec moi nos parents et notre frère le père Gérald, car le grand jour du départ approche. J'espère que tu as préparé tes bagages, et que tu es prêt à faire cet immense voyage en Nouvelle-France. »

Le roi Perceval dit à toute sa famille :

« Je suis touché et ému de vous voir tous ici dans mon immense château de la Forêt Mystérieuse. La Nouvelle-France est bien loin, mais les énormes distances ne doivent pas nous séparer mais nous rapprocher. Le prince Nicolas des Iles d'Emeraude est très impatient de faire ma connaissance.

Demain, nous participerons à une grande messe célébrée par le révérend Pacôme qui est mon aumônier et qui s'occupe de la vie spirituelle du château du Saint-Graal. »

Le roi Perceval convia sa famille dans l'immense salle à manger à faire un grand repas composé d'une viande avec une sauce au vin rouge, accompagnée de pommes de terre rôties, et d'une tourte à la fraise, aux framboises, aux cassis et aux mûres qui venaient du jardin potager du château du Saint-Graal.

Le roi Perceval aimait beaucoup jardiner et cultiver fruits et légumes. Il y avait des courges, des concombres, des pommes de terre, des carottes, du céleri, du cumin, du persil, des tomates, des poivrons s rouges, verts et jaunes, des haricots, des laitues, du chou-fleur, et aussi des fraises, des framboises, des mûres et des cassis. Le roi Perceval aimait aussi des plantes comme la lavande, la verveine, le jasmin, l'aloès, la menthe, et aussi la sauge.

A table, le père Gérald prit la parole :

« A Cîteaux, nous avons célébré le premier centenaire de la naissance de saint Bernard dans un grand esprit d'ouverture et d'espérance. Saint Bernard avait déjà commencé une mission qui était de sortir du Moyen-âge, car il n'était pas seulement un grand guide spirituel comme saint Benoît mais aussi un bienfaiteur de l'humanité. Je crois qu'il a été pour notre civilisation occidentale un grand rayon de lumière.

« Notre ordre va s'agrandir et essaimer partout. Nous allons bientôt construire une abbaye au nord de Lyon. Elle s'appellera l'abbaye de Notre-Dame-des-Marais, car il y a beaucoup de marais dans la région des Dombes. Je me réjouis de voir naître cette nouvelle abbaye. »

L'amiral Christian dit à son tour :

« L'*Etoile de la Mer* nous attend. Dans trois jours, nous partirons à Cherbourg pour entamer une grande odyssée qui durera plusieurs mois pour mon frère, notre roi Perceval. »

Trois jours plus tard, après avoir donné des instructions à ses parents, le roi Perceval quitta le château en compagnie de son frère. Le voyage dura cinq jours.

Le roi Perceval et son frère l'amiral Christian arrivèrent au milieu de l'après-midi à Cherbourg où se trouvait l'*Etoile-de-la-Mer*. Ils s'installèrent à bord et Christian ordonna aux matelots de larguer les amarres. Les matelots enroulèrent les cordes et remontèrent l'ancre, ce qui fascina le roi Perceval.

Quelques heures plus tard, l'*Etoile-de-la-Mer* voguait avec l'amiral Christian et son frère le roi Perceval à son bord. Les côtes de la partie ancienne du royaume du Saint-Graal s'éloignèrent et devinrent une simple ligne d'horizon qui finit par disparaître.

Le roi Perceval admira le beau coucher de soleil au-dessus de la mer. Puis il remarqua une belle boussole en cuivre située au milieu du pont de la caravelle. Il faut dire que la boussole venait d'être découverte juste avant la naissance du roi Perceval. Ce fut une invention extraordinaire d'un navigateur italien, qui s'appelait Torricello. Ce navigateur avait découvert, grâce à une aiguille et un aimant, que l'aiguille se positionnait toujours vers le nord. Il la fit fabriquer en mettant l'aiguille métallique sur un cadran dans un petit boîtier. Grâce à ce boîtier, les navigateurs ne pouvaient plus se perdre. Bien qu'ils puissent aussi s'orienter grâce à la position du soleil et des étoiles, la boussole, avec le temps, est devenue un formidable auxiliaire sous la forme d'un ustensile très utile aux navigateurs. L'amiral Christian expliqua à son frère Perceval que la boussole était une grande invention qui permettait de simplifier le travail des marins et qui leur permettait de s'orienter le plus facilement possible.

Après une nuit tranquille, le roi Perceval prit son petit déjeuner en compagnie de l'amiral Christian qui demanda :

« Sire Perceval, as-tu bien dormi ? »

Le roi Perceval répondit :

« Oui, j'ai très bien dormi et je suis heureux d'être à bord de ta caravelle. Raconte-moi ta carrière d'amiral. »

L'amiral Christian répondit à son frère :

« J'ai commencé ma carrière à l'âge de vingt et un ans, juste après mon adoubement.

J'ai découvert la marine peu de temps après et j'ai été fasciné par les bateaux. Alors j'ai pris la décision de devenir marin après en avoir parlé à sire Daniel, notre père, qui accepta.

« J'ai pris du galon et je suis devenu officier, capitaine, puis amiral au service du roi Arthur. J'ai voyagé en Egypte, en Afrique du Nord, en Galicie, en Espagne, en Grèce, en Israël et, bien sûr, en Nouvelle-France où je suis allé de nombreuses fois.

« Et toi, sire Perceval, raconte-moi ton début de règne. »

Et le roi Perceval raconta :

« Après la découverte du Vase sacré du Saint-Graal dans le château octogonal et mon couronnement comme roi du Saint-Graal par le roi Arthur qui a décidé d'abdiquer et de créer le royaume du Saint-Graal pour me récompenser de ma bravoure, j'ai inauguré mon règne par mon premier discours du trône. Je suis ensuite allé en Angleterre rendre visite au roi Arthur. A mon retour, j'ai reçu la visite d'un jeune pharaon du nom d'Ossyrius, au mois de janvier de l'an de grâce onze cent quatre-vingt-onze. Et peu de temps après, j'ai reçu la lettre de sire Nicolas des Iles d'Emeraude. Tout récemment, enfin, je suis devenu tertiaire bénédictin de Mouthier-Royal, après un an de noviciat.

L'amiral Christian dit au roi Perceval :

« Si tu veux, tu peux observer les fonds marins depuis le hublot qui est au fond de la cale. »

L'amiral Christian avait fait poser deux grands hublots de chaque côté de la caravelle pour permettre aux passagers de voir les fonds marins. Il avait aussi aménagé la cale pour que les passagers puissent s'asseoir et voir ce qui se passait au fond de la mer. Il était passionné par les océans et la vie sous-marine.

Le roi Perceval descendit dans la partie aménagée de la calle de l'*Etoile de la Mer* afin d'observer la vie sous-marine. Il vit un immense calamar, une grande pieuvre, et même des requins.

Au bout d'une quinzaine de jours, le roi Perceval, son frère, l'amiral Christian et les marins aperçurent les côtes de la Nouvelle-France. Ayant approché des côtes, l'amiral Christian engagea l'*Etoile de la Mer* sur un immense fleuve appelé le Saint-Laurent, et la caravelle arriva dans une charmante petite ville, Mont-Royal, qui possédait une superbe église.

La Nouvelle-France était composée de plusieurs principautés et duchés. La Montérégie est un duché, voisin du duché du Val-d'Or qui se prolonge jusqu'à la principauté d'Assiniboinie, située au milieu de la Nouvelle-France, et dont la capitale s'appelle Sainte-Boniface.

À l'autre bout de la Nouvelle-France se trouve la principauté des Montagnes Rocheuses.

Entre la principauté d'Assiniboinie et celle des Montagnes Rocheuses se trouve la principauté d'Albertinie dont la capitale s'appelle Saint-Albert. La ville d'Eau-Claire, au pied des Montagnes Rocheuses, est une autre ville importante d'Albertinie. Elle est traversée par une grande rivière qui s'appelle la Grande Rivière Bleue.

Au nord de la principauté d'Albertinie la principauté d'Athabascanie a pour capitale la ville de Fond-du-Lac.

Le roi Perceval et son frère l'amiral Christian descendirent de l'*Etoile de la Mer* et furent accueillis à bras ouverts par les Montérégiens. Il y avait là, la princesse Mirabel, vice-reine de Nouvelle-France, et l'évêque de Mont-Royal, Jean d'Arcy, qui était tertiaire de l'abbaye de Notre-Dame-du-Lac-des-Deux-Montagnes, abbaye cistercienne située au nord ouest de Mont-Royal.

Le soir même, le roi Perceval et son frère furent invités à l'évêché de Mont-Royal avec la princesse Mirabel.

Monseigneur d'Arcy était un homme aux cheveux très courts qui devenaient grisonnants. Il approchait de la soixantaine et était ouvert et chaleureux. Il était ravi de faire la connaissance du roi Perceval et de son frère l'amiral Christian, et il leur dit :

« Soyez les bienvenus dans la résidence épiscopale.

« Racontez-nous votre vie et votre voyage à travers l'océan atlantique. »

Alors le roi Perceval raconta :

« Je m'appelle sire Perceval, roi du Saint-Graal. Je suis le fils de Sire Daniel, duc de Bretagne, et de dame Hélène, duchesse de Bretagne. J'ai été élève à l'abbaye bénédictine de Mouthier-Royal où j'ai fait mes études fondamentales. A l'âge de seize ans, j'ai commencé ma formation de chevalier chez le roi Arthur et en même temps j'ai fait des études de théologie.

« Je suis ensuite allé en Israël mettre fin à ces abominables croisades, j'ai organisé une conférence sur la paix interreligieuse et internationale, et j'ai signé un traité de paix internationale et interreligieuse que j'ai remis au pape Joachim. Après avoir traversé plusieurs principautés italiennes, je suis revenu en France. A la Pentecôte de l'an de grâce onze cent quatre-vingt-dix, lors d'une retraite chez les moines cisterciens de Clairvaux, j'ai découvert le Vase sacré appelé Saint-Graal qui était dans une immense salle octogonale au bout d'un long couloir qui partait d'une petite chapelle attenante au monastère de l'abbaye cistercienne de Clairvaux. Après quoi, le roi Arthur décida de créer un nouveau royaume, le royaume du Saint-Graal, et de me faire roi après avoir abdiqué. »

Le roi Perceval et son frère l'amiral Christian passèrent la nuit chez Monseigneur d'Arcy, dans des chambres somptueuses, avec des lits à baldaquin, bleu pour le roi Perceval et vert émeraude pour l'amiral Christian.

Le matin venu, ils se rendirent dans la salle à manger de la résidence épiscopale, qui était située en bordure d'un parc qui constituait une petite forêt.

Monseigneur d'Arcy demanda au roi Perceval et à son frère l'amiral Christian :

« Avez-vous bien dormi ? »

Ils répondirent :

« Oui, nous avons très bien dormi. Aujourd'hui, nous irons voir la princesse Mirabel, vice-reine de Nouvelle-France, dans son château de la Cité-des-Deux-Montagnes. »

Après le petit déjeuner, le roi Perceval et son frère l'amiral Christian se rendirent en diligence au château de la princesse Mirabel. En nouvelle-France, les transports en diligence s'étaient considérablement développés et il y avait même une ligne entre Mont-Royal et Granville, à l'autre extrémité de la Nouvelle-France.

Le roi Perceval et son frère Christian arrivèrent au château de la princesse Mirabel qui les reçut très chaleureusement.

Elle avait le même âge que le roi Perceval, et elle leur dit :

« Bonjour, sires Perceval et Christian. Entrez, je vous en prie. Comment allez-vous ? »

Le roi Perceval et son frère l'amiral Christian furent conviés dans la grande salle à manger, et la princesse Mirabel dit :

« J'ai été émerveillée par votre histoire, sire Perceval. J'aimerais que vous me racontiez la vôtre, sire Christian. »

L'amiral Christian commença à raconter sa vie :

« Je suis sire Christian de Bretagne. J'ai été élève à l'abbaye bénédictine de Solesmes jusqu'à l'âge de seize ans, puis j'ai effectué ma formation de chevalier à la cour du duc de Bretagne, sire Daniel de Bretagne, qui est notre père où j'ai été écuyer. J'ai été adoubé à vingt et un ans, mais je n'ai pas exercé mon métier de chevalier très longtemps.

« J'étais fasciné et passionné par les bateaux, les voyages et les découvertes qu'avaient faites les Vikings. Alors j'ai décidé de devenir marin tout en restant chevalier, puisque lorsque l'on est adoubé, on reste chevalier jusqu'à la fin du monde. Je suis donc entré dans la marine du roi Arthur à l'âge de vingt-cinq ans. J'ai pris du galon et je suis devenu amiral du roi Arthur. Après l'abdication du roi Arthur, je suis devenu amiral du roi Perceval, mon frère ici présent.

« C'est la cinquième fois, je crois, que je me rends en Nouvelle-France. La première fois, c'était en l'an de grâce onze cent quatre-vingt-six.

« Et vous, dame Mirabel, racontez-nous votre vie. »

La princesse Mirabel leur raconta :

« Je suis dame Mirabel, princesse de Nouvelle-France. Je suis née à Mont-Royal. Mon père s'appelle Julien et il a abdiqué en ma faveur lorsque j'avais vingt et un ans.

« J'ai fait mon diplôme d'études fondamentales à l'abbaye bénédictine des sœurs de Notre-Dame-de-Rougemont-de-Richelieu qui accueille aussi des sœurs bénédictines israélites. La Nouvelle-France a accueilli beaucoup d'Israélites au temps des croisades. Lorsque je vous emmènerai à l'abbaye cistercienne de Notre-Dame-du-Lac-des-Deux-Montagnes, vous découvrirez l'existence de frères israélites. Et le frère hôtelier, qui seconde le père hôtelier qui est aussi le père abbé Camille, est israélite. Mon abbaye bénédictine se trouve dans la petite ville de Rougemont-sur-Richelieu, et la rivière qui traverse Rougemont s'appelle la Richelieu.

« A seize ans, je suis allée à l'université de Mont-Royal pour étudier la philosophie et les humanités et à vingt et un ans, une fois obtenue ma maîtrise de philosophie, je suis devenue vice-reine de Nouvelle-France. »

La princesse Mirabel logea le roi Perceval et son frère l'amiral Christian dans l'aile ouest du château de la Cité-des-Deux-Montagnes, et ils dormirent chacun dans une somptueuse chambre qui donnait sur une vaste forêt.

Ils purent admirer un ciel étoilé avec un beau croissant de lune qui allait se coucher à l'horizon.

Les chambres très grandes avaient des lits à baldaquin garnis de draps en soie violette pour le roi Perceval et en soie bleu marine pour son frère l'amiral Christian. Ils avaient une salle de bain équipée d'un bassin en marbre.

Le roi Perceval et son frère l'amiral Christian descendirent dans la grande salle à manger où la princesse Mirabel les attendait pour le petit déjeuner.

La princesse leur dit :

« Bonjour sires Perceval et Christian, comment allez-vous ? Avez-vous bien dormi ? »

Ils répondirent à la princesse Mirabel :

« Nous avons très bien dormi. Et vous, dame Mirabel ? »

Elle répondit :

« Oui j'ai très bien dormi. Aujourd'hui, nous irons à l'abbaye cistercienne de Notre-Dame-du-Lac-des-Deux-Montagnes où vous ferez la connaissance du père abbé Camille et de son aide à l'hôtellerie, le frère Jonas, qui est israélite. »

Après le petit déjeuner, ils prirent tous les trois le chemin de l'abbaye cistercienne de Notre-Dame-du-Lac-des-Deux-Montagnes.

Le père Camille les accueillit à la porte de l'abbaye :

« Soyez les bienvenus dans notre abbaye cistercienne de Notre-Dame-du-Lac-des-Deux-Montagnes.

« Nous appliquons ici la règle de saint Benoît avec beaucoup de souplesse et nous accueillons des gens qui travaillent avec les moines. Le silence se limite au cloître, au réfectoire et, en fin de journée, après les complies. Nous sommes plus souples ici que dans la partie ancienne du royaume du Saint-Graal et nous accueillons des moines de confession israélite, car la Nouvelle-France a été une terre d'accueil pour les Israélites qui ont tant souffert de persécutions, surtout pendant les croisades.

« Et vous, allez-vous bien ? «

Le roi Perceval se présenta :

« Je suis sire Perceval, roi du Saint-Graal. Mon frère l'amiral Christian et moi-même sommes partis de la petite ville de Cherbourg. La traversée de l'océan Atlantique a duré deux semaines et nous sommes arrivés il y a quelques jours. Nous avons été accueillis par Monseigneur d'Arcy et par la princesse Mirabel ».

Puis à son tour, l'amiral Christian se présenta.

Après quoi arriva le frère Jonas qui dit :

« Je suis frère Jonas, je suis israélite et je suis l'aide du père abbé Camille qui est aussi hôtelier. »

Le frère Jonas était un homme de trente-cinq ans, aux cheveux noirs légèrement frisés et sans barbe. Il était moine cistercien israélite.

Le roi Perceval et son frère l'amiral Christian demandèrent à rester cinq jours à l'abbaye, et ils purent travailler avec les moines. Le roi Perceval travaillait au jardin et l'amiral Christian à la cuisine et au moulin. Ils se voyaient au réfectoire de l'hôtellerie.

Quand ils quittèrent l'abbaye, le roi Perceval et son frère l'amiral Christian retournèrent à Mont-Royal et l''amiral Christian prépara son voyage de retour en France avec l'*Etoile de la Mer*.

Après un dernier repas pris ensemble, l'amiral Christian dit à son frère le roi Perceval :

« Et bien, voilà, sire Perceval, je vais te quitter car l'*Etoile de la Mer* m'attend. Cela m'a fait très plaisir de te conduire en Nouvelle-France sur ma caravelle.

« Je m'en retourne dans l'ancienne partie du royaume du Saint-Graal, et je transmettrai tes salutations aux parents, dans ton château de la Forêt Mystérieuse et à sire Romain qui gère temporairement le duché de Bretagne jusqu'à ton retour de Nouvelle-France.

« Pour ce qui est de ton retour, justement, je t'écrirai au château de sire Nicolas des Iles d'Emeraude, à Fort-Saint-Jean-Baptiste. Je connais son adresse car son château est très connu et je n'aurai aucune difficulté à t'écrire là-bas,

« A bientôt et bonne route à travers la Nouvelle-France. Que Dieu te bénisse. »

Le roi Perceval voulut assister au départ de l'*Etoile de la Mer* amarrée dans le port de Mont-Royal.

Le roi Perceval dit à son frère, l'amiral Christian :

« Bon retour en France dans l'ancienne partie du royaume du Saint-Graal. J'ai été heureux d'être avec toi. Que Dieu te garde, te protège et te bénisse. »

Quand l'*Etoile de la Mer* eut quitté le port de Mont-Royal, le roi Perceval entama son immense odyssée à travers la Nouvelle-France.

Il se rendit à la grande station des diligences en partance pour Granville. Il chargea ses bagages sur la diligence qui avait quatre chevaux et deux cochers, et parfois quatre cochers, qui se relayaient. La diligence quitta la ville de Mont-Royal pour

Granville via Sainte-Boniface, Sainte-Régeane dans la principauté de Mystiminie, Saint-Albert, et Eau-Claire.

Il y avait deux diligences par semaine dans les deux sens, ce qui laissait au roi Perceval la possibilité de séjourner dans chaque ville.

Entre les grandes villes-étapes, la diligence s'arrêtait pour permettre à ses passagers, cochers et chevaux de se reposer dans des ermitages en rondins pour la nuit.

Il ne fallait jamais quitter le chemin car on était très vite perdu, la Nouvelle-France étant une immense forêt avec quelquefois une rare prairie étroite.

La diligence était équipée de pépites de cuivre photoluminescentes, ce qui permettait de faire de très longs trajets entre les villes ou les ermitages.

CHAPITRE VIII

LE ROI PERCEVAL TRAVERSE LA PARTIE EST DE LA NOUVELLE-FRANCE, ARRIVE A SAINTE-BONIFACE CHEZ LE PRINCE GABRIEL D'ASSINIBOINIE ET CHEZ LES MOINES CISTERCIENS DE L'ABBAYE DE NOTRE-DAME-DES-PRAIRIES

Le roi Perceval arriva une semaine plus tard à Sainte-Boniface après une longue traversée dans l'immense forêt qui recouvre presque toute la Nouvelle-France.

La diligence s'arrêta devant le grand château du prince d'Assiniboinie, sire Gabriel, un tout jeune prince qui venait d'accéder au trône d'Assiniboinie car son père, sire Bertrand, était âgé et avait décidé d'abdiquer en faveur de son fils.

Sire Bertrand était un homme chauve avec une barbe blanche. Il était tertiaire de l'abbaye de Notre-Dame-du-Soleil-Levant qui se trouvait à Saint-Alexandre. Cette abbaye comptait des moines israélites, comme toutes les abbayes de Nouvelle-France. C'est dans cette abbaye que sire Bertrand avait fait son diplôme d'études fondamentales et ses études de théologie en même temps que sa formation de chevalier.

Sire Gabriel, lui, avait de très longs cheveux noirs et soyeux, et il n'avait pas de barbe.

Le roi Perceval sonna à la porte et le jeune prince Gabriel ouvrit la grande porte du château :

« Bonjour, sire. Quel est votre nom et comment allez-vous ? »

Le roi Perceval se présenta :

« Mon nom est sire Perceval et je suis roi du Saint-Graal, en visite dans la partie nouvelle du royaume du Saint-Graal. Je suis attendu chez le prince Nicolas des Iles d'Emeraude. »

Le prince Gabriel se présenta à son tour :

« Je suis le prince Gabriel. J'ai vingt-deux ans et j'ai été couronné prince il y a un an, après des études de théologie au séminaire de l'abbaye cartusienne de Notre-Dame-du-Lac-des-

Cygnes C'est une abbaye qui a un séminaire de formation de prêtres mais qui forme aussi des théologiens laïcs. Elle est très éloignée de Sainte-Boniface et elle est très isolée dans cette immense forêt.

« La Nouvelle-France est constituée de forêts qui sont tellement denses que même un raton-laveur s'y perdrait. Mais heureusement qu'il y a une route qui y mène. Si tu veux, je t'y conduirai.

« Dans la principauté d'Assiniboinie, il y a un endroit dans lequel on a découvert des squelettes de dinosaures et de tyrannosaures et des squelettes d'oiseaux préhistoriques. La Nouvelle-France regorge de sites où l'on peut voir des vestiges préhistoriques, et dans le grand lac de Sainte-Boniface, un immense lac situé au nord de la ville, on a retrouvé une barque qui doit avoir cinquante mille ans d'âge. Je crois que la Nouvelle-France est presque aussi riche que l'Egypte en matière de vestiges préhistoriques et historiques. »

Le roi Perceval demanda au prince Gabriel où il avait fait ses études fondamentales.

Le prince Gabriel répondit au roi Perceval :

« J'ai fait mes études fondamentales dans l'abbaye bénédictine de Notre-Dame-de-la-Forêt dans la petite ville de Sainte-Anne, à l'est de Sainte-Boniface. »

Pendant le souper, le roi Perceval continua la conversation avec le jeune prince Gabriel d'Assiniboinie :

« Je sais que les cartusiens n'accueillent pas de visiteurs, mais une communauté de moines cartusiens m'a très exceptionnellement accueilli. J'ai logé dans une de leurs cellules qui ressemble plus à un petit ermitage qu'à une cellule de monastère proprement dite. J'étais en route pour Rome et Israël et j'ai expliqué aux moines de l'abbaye cartusienne de Pavie qui j'étais et ils m'ont accueilli pour quelques jours. »

Le prince Gabriel dit :

« Leur règle n'empêche pas non plus d'être à l'écoute et d'avoir un séminaire de formation de prêtres. Demain, nous irons à l'abbaye cistercienne de Notre-Dame-des-Prairies. »

Après le repas, le roi Perceval dit au prince Gabriel d'Assiniboinie :

« Je te remercie de m'avoir si bien accueilli à ta table. Passe une bonne nuit. »

Le roi Perceval gagna sa chambre qui était une somptueuse chambre avec un grand lit en bois de chêne et une grande salle de bains. Il avait une vue grandiose car le château du prince Gabriel était entouré d'une immense forêt qui s'étendait à perte de vue.

Ce soir-là, les parents du jeune prince étaient invités chez le grand prêtre israélite de Sainte-Boniface qui était à la tête de la communauté israélite d'Assiniboinie.

Le lendemain, le roi Perceval se rendit dans la grande salle à manger où se trouvait réunie toute la famille de sire Gabriel. Il y avait ses parents, sire Bertrand et dame Renée-Marie-Noëlle. Et aussi son frère aîné, sire Jean-Paul, qui était clerc chez Monseigneur Jean-Bernard, évêque de Sainte-Boniface, sa sœur demoiselle Alice-Charlène, professeur de paléontologie et spécialisée dans les recherches de sites préhistoriques en Nouvelle-France, et sa petite sœur de neuf ans qui était encore aux études fondamentales. Enfin, ses deux jeunes frères, Mathurin qui avait huit ans, et Cyril, âgé de cinq ans.

Le prince Gabriel dit à sa famille :

« Je suis très heureux de vous présenter sire Perceval qui vient de très loin et qui est le roi de notre royaume du Saint-Graal. Aujourd'hui, nous irons à l'abbaye cistercienne de Notre-Dame-des-Prairies. »

Après le petit déjeuner, le prince Gabriel d'Assiniboinie emmena le roi Perceval chez les moines cisterciens de Notre-Dame-des-Prairies au sud de Sainte-Boniface, à deux kilomètres du château du prince Gabriel.

Ils arrivèrent à la grande porte du monastère et le père abbé Raphaël arriva et dit :

« Soyez les bienvenus dans notre abbaye cistercienne. »

Le prince Gabriel d'Assiniboinie lui répondit :

« Je suis très heureux de venir dans votre abbaye et je suis certain que notre roi, qui s'appelle sire Perceval, sera heureux de la découvrir et de vous connaître. »

Le prince Gabriel et le roi Perceval assistèrent à la messe de onze heures et notèrent la présence d'une synagogue à l'intérieur du monastère.

Le prince Gabriel dit au roi Perceval :

« Oui, il y a aussi des moines israélites dans cette abbaye mais ils ont leurs propres services divins. Dans certaines abbayes de Nouvelle-France, l'église fait office de synagogue et dans d'autres, la synagogue se trouve à côté de l'église. Le père Raphaël a tenu absolument à ce que l'on respecte les Israélites dans leurs habitudes religieuses. Le père abbé et la communauté se sont mis d'accord pour que les moines israélites aient leur propre oratoire, mais ils sont pleinement intégrés à la communauté de cette abbaye cistercienne. »

Le roi Perceval passa cinq jours et put travailler avec les moines. Le silence n'était pas aussi strictement observé que dans les abbayes cisterciennes et bénédictines de la partie ancienne du royaume du Saint-Graal.

Le roi Perceval quitta l'abbaye de Notre-Dame-des-Prairies et retourna au château du prince Gabriel d'Assiniboinie. Durant le repas du soir, le roi Perceval parla de l'importance des relations entre les cultures et les religions :

« Je suis vraiment favorable à de vraies relations entre les différentes cultures et les différentes religions et je suis très heureux que la Nouvelle-France ait tant fait pour accueillir nos frères israélites. J'ai pu moi-même constater que les abbayes bénédictines, cisterciennes et même cartusiennes montrent l'exemple en accueillant des Israélites, ce qui reflète d'une manière visible l'importance des relations interreligieuses et renforce aussi l'amitié entre les religions et les civilisations. »

Sire Bertrand dit :

« Vous avez tout à fait raison. L'autre jour, nous avons été reçus par le grand prêtre israélite qui s'appelle Emmanuel et qui est à la tête de la congrégation israélite d'Assiniboinie. Le révérend Emmanuel disait qu'il fallait absolument rapprocher les Chrétiens et les Israélites. »

Le roi Perceval dit :

« Oui, et il faudrait que les abbayes de la partie ancienne du royaume du Saint-Graal prennent exemple sur la Nouvelle-France. C'est ce que je mettrai en œuvre lorsque je rentrerai en France, dans la partie ancienne du royaume du Saint-Graal. Je commencerai par demander à mon abbaye bénédictine de Mouthier-Royal d'accueillir aussi des moines de confession israélite, afin qu'elle devienne un exemple concret d'amitié entre les religions. Il ne faut pas l'oublier, les Israélites sont nos frères et ils ont une place dans notre civilisation occidentale. Le père abbé Gérard sera certainement d'accord pour accueillir des Israélites dans la communauté de Mouthier-Royal. »

Le roi Perceval passa encore deux jours dans la famille du prince Gabriel, avant d'aller pour quelques jours chez les cartusiens de l'abbaye de Notre-Dame-du-Lac-des-Cygnes. C'était l'abbaye où avait étudié le prince Gabriel d'Assiniboinie, et elle se trouvait près d'un site préhistorique où l'on avait découvert des fossiles de dinosaures

De retour au château du prince Gabriel d'Assiniboinie, le roi Perceval entendit le professeur Alice-Charlène annoncer qu'elle allait organiser une conférence sur les découvertes préhistoriques faites dans toute la Nouvelle-France. Et elle convia toute sa famille à la conférence qui devait avoir lieu à l'université de Sainte-Boniface. Le roi Perceval décida de rester plus longtemps dans la principauté d'Assiniboinie, en la compagnie du prince Gabriel et de sa famille, afin d'y assister.

CHAPITRE IX

LE ROI PERCEVAL, LE PRINCE GABRIEL D'ASSINIBOINIE ET SA FAMILLE ASSISTENT, A L'UNIVERSITE DE SAINTE-BONIFACE, A UNE CONFERENCE SUR LA DECOUVERTE DES SITES PALEONTOLOGIQUES DANS LA PRINCIPAUTE D'ASSINIBOINIE

Quelques jours plus tard, durant le repas du soir, le roi Perceval posa plusieurs questions au professeur Alice-Charlène sur les dinosaures :

« Comment les dinosaures ont-ils disparu de notre planète ? »

Demoiselle Alice-Charlène lui répondit :

« Je suis très heureuse que notre roi, sire Perceval, me pose une telle question. Les dinosaures ont probablement disparu à la suite d'une très grande sécheresse. D'autres études disent qu'ils ont disparu d'eux-mêmes, et d'autres encore disent qu'ils sont morts de froid, car il ne faut pas oublier qu'en Nouvelle-France, il y a plusieurs millions d'années, il faisait très chaud. »

Le prince Gabriel dit :

« En Nouvelle-France, il y a beaucoup de sites préhistoriques. Il y en a un tout près de l'abbaye cartusienne où j'ai suivi mes études de théologie, et j'y emmènerai notre roi Perceval après notre retraite chez les cartusiens de Notre-Dames-du-Lac-des-Cygnes.

« J'y suis déjà allé avec les séminaristes et théologiens laïcs, lorsque nous avions le cours d'histoire naturelle que j'avais choisi en option. Sur ce site, on peut voir des fossiles dans la roche et le squelette d'un dinosaure. »

Demoiselle Alice-Charlène dit à toute la famille du prince Gabriel d'Assiniboinie :

« Il paraît même que l'on a retrouvé plusieurs barques un peu partout en Nouvelle-France, dont la plus ancienne a été trouvée au large de Granville, dans la principauté des Iles d'Emeraude où notre roi Perceval se rendra très

71

prochainement. Cette barque doit avoir plus de soixante mille ans, et on peut l'observer sur une petite île qui est au large de Granville, l'île du Fer-à-Cheval. Le prince Nicolas des Iles d'Emeraude l'aperçoit lorsqu'il se rend à Granville. »

Le roi Perceval demanda à demoiselle Alice-Charlène :

« Comment avez-vous connu le prince Nicolas des Iles d'Emeraude ? »

Demoiselle Alice-Charlène répondit au roi Perceval :

« Ici même, car il est venu après son adoubement. Il y a eu une réunion de tous les princes, princesses, ducs et duchesses. Vous savez, sire Perceval, ici presque tout le monde se connaît malgré les énormes distances. Il m'a souvent fait part de l'intérêt qu'il a pour la préhistoire, et je crois qu'il se passionne aussi pour les poissons et mammifères marins.

« Il existe des mamifères marins préhistoriques comme les grands dauphins, ces énormes mamifères marins qui ressemblaient à des lamantins et que l'on appelle des léviathans. Ils mesuraient soixante à soixante-dix mètres de long, et on a retrouvé un squelette de léviathan au large de Fort-Saint-Jean-Baptiste. Il est exposé sous un immense dôme qui se trouve dans l'enceinte de l'université de Fort-Saint-Jean-Baptiste.

« Mais vous apprendrez tout cela lundi, lorsque je ferai ma conférence à l'université de Sainte-Boniface Demain c'est samedi, et je finir de préparer ma conférence. Je vous souhaite à tous et toutes une bonne soirée et une bonne nuit, car ma conférence m'attend. Que Dieu vous bénisse. »

Demoiselle Alice-Charlène quitta la salle à manger pour regagner sa chambre et la conversation continua entre le prince Gabriel d'Assiniboinie, sa famille et le roi Perceval.

Une fois le repas fini, le roi Perceval regagna sa chambre, et toute la famille du prince Gabriel d'Assiniboinie retourna dans ses quartiers du grand château de Sainte-Boniface.

Avant de s'endormir, le roi Perceval observa le ciel qui était d'une limpidité grandiose, à tel point qu'il pouvait distinguer chaque étoile et chaque planète. Il n'y avait pas de lune, car le croissant de lune était déjà couché.

Le lundi matin, sire Perceval se réveilla et descendit dans la grande salle à manger où le jeune prince Gabriel lui demanda :

« Avez-vous bien dormi, sire Perceval ? »

Le roi Perceval lui répondit :

« Très bien. Et hier soir, j'ai pu voir la planète Jupiter et toute la voie lactée. Et vous, comment avez-vous dormi, sire Gabriel ? »

Le prince Gabriel d'Assiniboinie répondit au roi Perceval :

« J'ai très bien dormi aussi, sire Perceval. Aujourd'hui nous irons à l'université de Sainte-Boniface écouter la conférence de demoiselle Alice-Charlène sur les sites préhistoriques qui ont été découvert dans toute la Nouvelle-France. Et je me réjouis de voir que les peuples de Nouvelle-France, en particulier en Assiniboinie, s'intéressent à la paléontologie. »

Sire Bertrand, le père du prince Gabriel, s'avança vers les deux jeunes sires et leur dit :

« Comment allez-vous ? Avez-vous bien dormi ? Etes-vous prêts pour vous rendre à l'université de Sainte-Boniface ? »

Les deux jeunes sires lui répondirent :

« Oui, nous sommes prêts et nous nous réjouissons d'aller entendre demoiselle Alice-Charlène. »

Toute la famille du prince Gabriel d'Assiniboinie se rendit à l'université de Sainte-Boniface, qui était située en pleine forêt, car la ville de Sainte-Boniface était implantée dans une forêt très dense. Pour aller du château du prince Gabriel à l'université, il fallait traverser la forêt par des chemins, heureusement très bien balisés.

L'université de Sainte-Boniface venait d'être fondée par l'évêque de Sainte-Boniface, Monseigneur Amédée. Monseigneur Amédée était aussi professeur d'histoire et de morale à la faculté de théologie laïque de l'université de Sainte-Boniface et il était le recteur de l'université de Sainte-Boniface. C'était un homme d'une soixantaine d'années, trapu, avec une petite barbe grisonnante. Il était tertiaire de l'abbaye bénédictine de Notre-Dame-de-la-Forêt

La famille du prince Gabriel et le roi Perceval prirent place. Monseigneur Amédée prit la parole :

« Bonjour à vous tous. Je suis très heureux de vous accueillir dans cette grande et belle université de Sainte-Boniface pour entendre la conférence de demoiselle Alice-Charlène, princesse d'Assiniboinie et professeur de paléontologie dans notre université. Je vous rappelle que la paléontologie est la science qui étudie la préhistoire. La Nouvelle-France est très riche en sites préhistoriques.

« La parole est à demoiselle Alice-Charlène. »

La princesse Alice-Charlène commença sa conférence :

« Bonjour à vous tous. Je suis demoiselle Alice-Charlène, sœur du prince régnant, sire Gabriel d'Assiniboinie, et professeur de paléontologie et d'histoire naturelle.

« La paléontologie est la science qui étudie la préhistoire, et la préhistoire fait partie de l'histoire naturelle.

« Je suis également spécialisée dans les recherches de sites préhistoriques et je participe régulièrement à des fouilles paléontologiques. Dès le début de ma carrière, j'ai emmené mes étudiants sur le site préhistorique situé à Deloraine, petite ville située à l'ouest de Sainte-Boniface, tout près de l'abbaye cartusienne de Notre-Dame-du-Lac-des Cygnes.

« Sur le site préhistorique de Deloraine, on peut voir un squelette intact de dinosaure qui est exposé en plein air. Ce dinosaure est tellement immense que notre prince Gabriel pouvait l'apercevoir depuis l'abbaye cartusienne de Notre-Dame-du-Lac-des-Cygnes.

« Dans le nord de l'Assiniboinie, il y a un autre site préhistorique qui renferme cette fois des ossements d'oiseaux préhistoriques qui étaient très grands, comme par exemple les dodos, et dont certaines espèces pouvaient atteindre deux à trois mètres de hauteur.

« En Albertinie, il y a plusieurs grottes qui renferment des peintures rupestres datant de quinze, voire trente mille ans ou peut-être plus.

« Et enfin dans les Iles d-Emeraude, dans l'extrême ouest de la Nouvelle-France, on a retrouvé des barques préhistoriques dont certaines datent d'il y a trente ou quarante mille ans. On peut voir une de ces barques préhistoriques qui est exposée en pleine air sur la petite île du Fer-à-Cheval qui est située au large de Granville.

« On a aussi retrouvé des objets préhistoriques comme des lampes à huile, qui sont exposés dans une salle de la faculté des sciences naturelles et préhistoriques, ici à l'université de Sainte-Boniface, et des vêtements ont été découverts lors d'une fouille dans un site préhistorique situé dans la principauté du Val-d'Or.

« Dans un proche avenir, la Nouvelle-France procèdera à de nouvelles fouilles et réunira tous les princes et princesses régnants pour établir une convention de protection des sites préhistoriques qui sont une grande richesse de notre patrimoine culturel, scientifique, géographique et historique, au même titre que les cathédrales, citadelles et autres monuments historiques de la partie ancienne du royaume du Saint-Graal.

« La paléontologie est une discipline aussi importante que la théologie ou le droit, et il serait important d'inclure une introduction à la paléontologie dans les études fondamentales afin que les jeunes élèves puissent se familiariser avec la paléontologie et les sciences naturelles.

« Revenons aux sites préhistoriques de la Nouvelle-France.

« Il y a un autre site préhistorique très important au nord de la principauté d'Assiniboinie, au bord de la mer arctique. Il renferme des squelettes de poissons préhistoriques et de léviathans. Le léviathan est un énorme mammifère marin qui ressemblait au lamantin et qui vivait aussi bien dans les mers tempérées que dans les mers froides comme la mer arctique. Les léviathans pouvaient mesurer jusqu'à cinquante ou soixante mètres de long et pouvaient vivre jusqu'à deux ou trois cents ans, peut-être plus. On a aussi découvert des ossements de grands cygnes qui pouvaient mesurer jusqu'à dix mètres de long.

« Voilà, chers sires, dames et demoiselles, ce que j'avais à vous dire sur les sites préhistoriques de la Nouvelle-France. »

Demoiselle Alice-Charlène reçut les applaudissements de tous les auditeurs qui étaient dans l'amphithéâtre. Elle convia tout le monde à partager le repas de midi dans la grande salle à manger de l'université de Sainte-Boniface.

Pendant le repas, le roi Perceval discuta avec demoiselle Alice-Charlène, le prince Gabriel d'Assiniboinie et le recteur de l'université de Sainte-Boniface.

Le roi Perceval dit à demoiselle Alice-Charlène :

« J'ai trouvé votre conférence sur les sites préhistoriques très intéressante, et je suis de plus en plus intéressé par la paléontologie. J'ai très envie d'intégrer des notions de paléontologie dans le programme de sciences naturelles des études fondamentales à travers tout le royaume du Saint-Graal, afin que les élèves puissent avoir, au moins, quelques notions de paléontologie. »

Le prince Gabriel dit à sa sœur :

« Moi aussi j'ai trouvé ta conférence très intéressante, Alice-Charlène, surtout quand tu as parlé des léviathans. »

Monseigneur Amédée prit la parole :

« Moi aussi j'ai été très intéressé par votre conférence, demoiselle Alice-Charlène, et je pense qu'elle a intéressé beaucoup de monde dans cet amphithéâtre.

« Les sites préhistoriques sont tout aussi importants que les citadelles, cathédrales et autres monuments historiques, car ce sont aussi des témoins du passé, même si ce passé est très lointain. »

Après le repas, la famille du prince Gabriel et de la princesse Alice-Charlène, et le roi Perceval retournèrent au château du prince Gabriel d'Assiniboinie.

Depuis le château, on pouvait apercevoir un magnifique coucher de soleil à l'horizon de l'immense forêt qui recouvre la Nouvelle-France.

CHAPITRE X

LE PRINCE GABRIEL D'ASSINIBOINIE EMMENE LE ROI PERCEVAL A L'ABBAYE CARTUSIENNE DE NOTRE-DAME-DU-LAC-DES-CYGNES ET AU SITE PREHISTORIQUE DE DELORAINE

Le roi Perceval et la famille du prince Gabriel d'Assiniboinie partagèrent un délicieux repas du soir dans la grande salle à manger du château.

Le roi Perceval dit au prince Gabriel d'Assiniboinie :

« Quel beau coucher de soleil, sire Gabriel, et quelle belle journée passée à l'université de Sainte-Boniface avec votre sœur la princesse Alice-Charlène qui nous a donné une belle conférence. Maintenant il faut que je songe à poursuivre mon voyage à travers la Nouvelle-France car le prince Nicolas des Iles d'Emeraude m'attend dans son château de Fort-Saint-Jean-Baptiste. »

Mais le prince Gabriel d'Assiniboinie prit la parole et dit au roi Perceval :

« Vous avez encore le temps. J'ai l'intention de vous emmener à l'abbaye cartusienne de Notre-Dame-du-Lac-des-Cygnes où j'ai étudié la théologie après mon diplôme d'études fondamentales. J'ai déjà écrit au père abbé Nivard qui me connaît très bien.

« J'ai aussi l'intention de vous emmener à Deloraine, où se trouve le site préhistorique du grand dinosaure dont demoiselle Alice-Charlène nous a parlé ce matin. On peut apercevoir ce dinosaure depuis l'abbaye de Notre-Dame-du-Lac-des-Cygnes, tant il est grand. »

Le dialogue entre le roi Perceval, le prince Gabriel d'Assiniboinie, et le reste de sa famille continua pendant tout le repas. La princesse Jeanne-Marie, mère du prince Gabriel, était là aussi.

Le roi Perceval et la famille du prince Gabriel se rendirent à la chapelle du château du prince d'Assiniboinie pour assister à la messe du soir, célébrée par le révérend Marc, aumônier de la famille du prince Gabriel.

Le révérend Marc lut l'évangile de Saint-Jean et fit une brève homélie sur les anges.

Après la messe, tous allèrent se coucher. Le roi Perceval put à nouveau contempler le ciel étoilé et s'endormit pour une bonne nuit.

Trois jours passèrent et le prince Gabriel d'Assiniboinie emmena le roi Perceval chez les moines cartusiens de l'abbaye de Notre-Dame-du-Lac-des-Cygnes, avec son carrosse et sa jument qui s'appelait Rosalie.

Le voyage dura deux jours et les deux jeunes sires s'arrêtèrent dans un ermitage tenu par un homme d'une huitantaine d'années. Il avait une grosse barbe blanche et était tertiaire de l'abbaye de Notre-Dame-du-Lac-des-Cygnes. Ce tertiaire s'appelait George-André. Son ermitage était construit en troncs d'arbres et se trouvait à mi-chemin entre Sainte-Boniface et l'abbaye de Notre-Dame-du-Lac-des-Cygnes.

Le prince Gabriel et le roi Perceval arrivèrent à l'ermitage du frère tertiaire George-André.

Le prince Gabriel frappa à la porte et dit :

« Bonjour. Je suis sire Gabriel, le prince régnant d'Assiniboinie. Je vous présente sire Perceval, roi du Saint-Graal, qui est en train de faire un grand voyage à travers la Nouvelle-France. »

Le frère ermite George-André dit :

« Mais je vous connais ! Vous avez fait vos études de théologie chez les moines cartusiens de l'abbaye de Notre-Dame-du-Lac-des-Cygnes. Je vous connais car j'étais au noviciat pour former les frères tertiaires, et vous aviez fait, vous aussi, votre noviciat de tertiaire. Vous étiez un novice très motivé. Je suis enchanté de vous retrouver et de faire la connaissance de votre compagnon, sire... quel est votre nom ? Ah oui, sire Perceval, qui êtes roi selon ce que je viens d'entendre. »

Le frère George-André leur donna un repas très frugal, composé d'une tranche de bon pain grillé avec du beurre, et d'une pomme avec un lait chaud. Il célébra ensuite un office liturgique selon la règle de saint Bruno, auquel participèrent les sires Gabriel et Perceval. Puis les deux jeunes sires regagnèrent leurs chambres respectives.

L'ermitage comportait un salon, deux petites pièces qui servaient de chapelle, une salle de bain avec une bassine en cuivre qui contenait de l'eau chauffée au feu de bois, une petite salle à manger, une cave et un grenier.

Après avoir passé une bonne nuit, le prince Gabriel et le roi Perceval se levèrent et prirent leur petit déjeuner avec le frère George-André qui leur dit :

« Avez-vous bien dormi, sires ? »

Sire Gabriel et le roi Perceval lui répondirent :

« Oui nous avons passé une très bonne nuit. »

Le frère George-André dit aux deux jeunes sires :

« Cela m'a fait un très grand plaisir de vous avoir comme hôtes. Je me sentais vraiment très seul dans mon ermitage.

« Je sais bien que la règle de saint Bruno nous recommande de vivre dans une très grande solitude. Mais moi, je ne suis pas un frère cloîtré ni un père cartusien.

« Lorsque vous serez à l'abbaye cartusienne de Notre-Dame-du-Lac-des-Cygne, il ne faudra surtout pas parler ni poser de questions aux frères, car ils sont plus stricts sur le silence que les moines bénédictins ou cisterciens. D'ailleurs, c'est un miracle que vous puissiez aller passer quelques jours chez les cartusiens, car cet ordre monastique n'accueille pas les visiteurs ou les pèlerins.

« Heureusement qu'ils ont un tiers-ordre dont je fais partie, comme vous, sire Gabriel. N'étant pas un frère cloîtré, je souffre parfois de la solitude et j'apprécie que des gens comme vous viennent passer ne serait-ce qu'une nuit. C'est une interruption de la solitude que j'apprécie particulièrement, surtout en hiver lorsque les nuits sont interminables et que le froid gèle la peau.

« L'hiver dernier, il a fait tellement froid ici que je n'ai pas mis le nez dehors. Ah non ! On ne tient pas cinq minutes dehors en hiver. Et la solitude est encore plus grande quand les nuits sont longues. Heureusement que nous sommes au cœur de l'été, maintenant.

« Cela m'a fait un très grand plaisir de vous voir. Veuillez transmettre mes salutations au père abbé Nivard et à tous les frères et pères cartusiens. Je vous souhaite une bonne route. »

Le frère George-André prit congé du sire Gabriel et du roi Perceval qui repartirent pour l'abbaye de Notre-Dame-du-Lac-des-Cygnes. Le voyage dura une journée. Une fois à destination, le prince Gabriel confia sa jument Rosalie et son carosse à l'écurie du monastère et sonna à la porte.

Un jeune frère cartusien israélite arriva et dit :

« Bonjour, sire Gabriel d'Assiniboinie. Je suis le frère Jacob, je suis un moine israélite et le père Nivard va bientôt arriver. »

Le frère Jacob connaissait très bien le prince Gabriel d'Assiniboinie car il était encore novice lorsque le prince Gabriel avait obtenu son diplôme de maitrise de théologie, et le prince Gabriel était très apprécié aussi bien par ses camarades que par les pères qui étaient professeurs et par les frères qui étaient leurs assistants.

Le père abbé Nivard arriva et dit :

« Mais bonjour, sire Gabriel, je suis heureux de vous revoir. Nous avons une chambre dans un de nos ermitages qui est situé près de l'église, il vous faudra vivre dans la solitude comme le veut notre règle, mais vous pourrez travailler dans le petit jardin qui se trouve devant votre ermitage.

« Et ce jeune sire comment s'appelle-t-il ? »

Le prince Gabriel dit au père Nivard :

« Ce jeune sire s'appelle Perceval et il est notre roi qui règne sur tout le royaume du Saint-Graal. Il est en voyage à travers la Nouvelle-France. »

Le roi Perceval prit la parole et dit :

« Je suis très heureux de venir avec le prince Gabriel d'Assiniboinie. Je suis en effet roi du Saint-Graal, notre grand royaume qui s'étend de l'est de l'Europe jusqu'aux Iles d'Emeraude où le prince Nicolas m'attend dans son château. »

Le père abbé Nivard prit la parole et dit :

« Je suis très heureux de faire votre connaissance, sire Perceval, notre roi qui vient nous rendre visite en Nouvelle-France. Comme vous êtes notre roi, vous serez logé dans l'ermitage qui est réservé aux évêques, mais il vous faudra, vous aussi, vivre dans la grande solitude qui est demandée par notre maître spirituel, saint Bruno. Et il vous faudra respecter très rigoureusement le silence qui est imposé par notre règle. Vous prendrez vos repas dans votre ermitage, à l'exception du dimanche et du mercredi où nous prenons nos repas tous ensemble. »

Avant de se séparer pour leur retraite qui dura dix jours, le prince Gabriel, le roi Perceval et le père abbé Nivard eurent un entretien dans une salle qui faisait office de parloir. Le père Nivard voulut tout savoir sur le jeune roi Perceval et le roi Perceval dit au père Nivard :

« Comme je vous l'ai dit, je m'appelle sire Perceval de Bretagne et je suis roi du Saint-Graal depuis deux ans maintenant. J'ai fait mes études fondamentales chez les moines bénédictins de l'abbaye de Mouthier-Royal, entre six et seize ans, puis j'ai fait ma formation de chevalier chez le roi Arthur. Parallèlement, j'ai suivi des études de théologie à l'université d'Oxford.

« J'ai été adoubé chevalier à vingt et un ans, et lors d'une retraite, j'ai fait un rêve dans lequel Dieu m'a demandé d'aller en Israël mettre un terme aux croisades. Après en avoir parlé au roi Arthur, je suis parti en Israël pour arrêter les Croisades. Une fois les croisades terminées, il y a eu une conférence sur la paix internationale et interreligieuse, qui a abouti à une convention sur la paix internationale et interreligieuse que j'ai moi-même signée, et que j'ai remise au pape Joachim une fois de retour en Europe.

« Je suis ensuite rentré en France et, lors d'une retraite à l'abbaye de Clairvaux, j'ai visité une petite chapelle dans laquelle il y avait une porte mystérieuse. Je l'ai ouverte et j'ai découvert un long tunnel qui m'a conduit dans une immense salle octogonale au centre de laquelle se trouvait le Vase sacré du Saint-Graal. Dans cette salle, il y avait un escalier qui m'a conduit dans un immense château désert, de forme octogonale.

« Après cette découverte, j'ai convié toutes les cours d'Europe et de Nouvelle-France à venir contempler le Vase sacré appelle le Saint-Graal. Aussitôt après, le roi Arthur a décidé d'abdiquer en ma faveur.

« Je suis aussi devenu tertiaire bénédictin de l'abbaye de Mouthier-Royal

« Maintenant, pourriez-vous me parler de la découverte de ce site préhistorique de Deloraine ? Il parait qu'on peut voir un immense dinosaure depuis votre abbaye. »

Le père abbé Nivard sourit et dit :

« Oui, vous avez raison, il y a un important site préhistorique qui se trouve dans la petite ville de Deloraine. Ce site a été découvert en l'an de grâce onze cent dix, par les premiers Néo-Français qui étaient des descendants des Vikings. L'un d'entre eux s'appelait Boniface et il a fondé la ville qui s'appelle aujourd'hui Sainte-Boniface.

« Les Vikings ont donc découvert des restes de dinosaures et ont réussi à reconstituer un dinosaure géant qui est exposé en plein air. Lorsque notre prince Gabriel faisait ses études dans notre abbaye cartusienne, il allait régulièrement à Deloraine voir le site préhistorique dans le cadre du cours de sciences naturelles que nos jeunes séminaristes et étudiants en théologie peuvent suivre.

« Pendant votre retraite, vous pourrez, si vous le souhaitez, aller visiter le site de Deloraine. Il vous suffira de nous signaler où vous allez lorsque vous quittez l'enceinte du monastère afin que nous n'ayons pas d'inquiétudes, car il est très facile de se perdre dans notre immense forêt. »

Le père Nivard poursuivit :

« Je vais maintenant vous parler du déroulement de votre retraite. Vous savez que vous serez dans une très grande solitude, car nous ne sommes pas des moines cénobitiques mais des moines anachorétiques ou érémitiques. Chacun vit seul dans son ermitage et nous ne nous voyons que pendant les messes du matin et du soir. Nous mangeons dans nos ermitages, sauf le dimanche, le mercredi et les jours de fêtes solennelles. Vous serez complètement isolés. Notre règle nous impose un silence absolu et une très grande discipline, notamment au réfectoire lorsque nous mangeons ensemble le dimanche, le mercredi et les jours de fêtes solennelles. Mais je suis sûr que vous vous adapterez très bien à notre style de vie.

« Nous aurons un entretien au milieu de votre retraite et le prince Gabriel vous fera visiter notre monastère, puisqu'il est tertiaire de notre abbaye de Notre-Dame-Du-Lac-des-Cygnes.

« En outre, comme il y a des moines cartusiens israélites dans notre monastère, nous observons aussi les fêtes israélites. Vous verrez aussi une synagogue à côté de notre église. Nous avons parfois des offices communs avec nos frères israélites, et parfois nos frères israélites ont leurs propres offices. Ils ont beaucoup souffert de toutes les persécutions qu'ils ont subies durant des siècles, mais maintenant, ils peuvent enfin vivre leur foi en toute liberté et dans une paix totale, puisque les croisades sont terminées, grâce à vous, sire Perceval. »

Le roi Perceval demanda au père abbé Nivard :

« Père abbé Nivard, quand pourrons-nous sortir pour aller visiter le site préhistorique de Deloraine ? »

Le père Nivard répondit au roi Perceval :

« Vous pourrez sortir avec votre ami le prince Gabriel, pour aller voir le site préhistorique de Deloraine, le vendredi qui est le jour où les frères cartusiens font leur grande promenade. Mais il vous faudra respecter scrupuleusement les horaires des offices liturgiques, car notre règle nous le demande. »

Le roi Perceval reprit la parole et dit au père abbé Nivard :

« Je vous remercie, mon révérend père abbé. Je vais vous dire encore une chose : je suis déjà allé dans une abbaye cartusienne située à Pavie, au sud de Milan, lorsque je suis parti en Israël, et je sais ce que veut dire un séjour chez les cartusiens, totalement seul dans un ermitage. Mais j'ai été très content de cette retraite chez les cartusiens de Pavie car, lorsque j'ai frappé à la porte, le père abbé, voyant qui j'étais et où j'allais, m'a permis de séjourner quelques jours dans son monastère, tout en m'expliquant qu'il ne recevait habituellement pas de visiteurs. »

Après leur entretien avec le père abbé Nivard, les sires Gabriel et Perceval furent conduits à leurs ermitages respectifs et commencèrent leur retraite dans la solitude cartusienne.

Le roi Perceval ne rencontra le prince Gabriel d'Assiniboinie que pendant la messe du matin qui avait lieu à dix heures et l'office liturgique des Vêpres qui avait lieu à six heures du soir.

Le mercredi, le roi Perceval et le prince Gabriel purent manger au réfectoire des moines cartusien et le prince Gabriel obtint le privilège de montrer le séminaire de théologie et de formation de prêtre au roi Perceval.

Quant au site préhistorique de Deloraine, le prince Gabriel préféra le montrer au roi Perceval après la retraite cartusienne.

Le prince Gabriel d'Assiniboinie dit au roi Perceval :

« Je pense que le site préhistorique de Deloraine est un peu trop loin pour faire l'aller et le retour dans la même après-midi, et les moines n'apprécieraient pas que nous arrivions en retard pour l'office des vêpres. Je préfère te montrer le séminaire de formation de prêtres et de théologiens laïcs, puisque je suis autorisé à te montrer l'endroit où j'ai fait mes études. »

Le roi Perceval dit au prince Gabriel :

« Tu as raison, sire Gabriel. Si le site préhistorique de Deloraine est trop loin, nous pourrions y aller juste après la retraite.

« Je suis vraiment curieux et intéressé de découvrir le séminaire de théologie dans lequel tu as fait tes études. »

Le prince Gabriel dit au roi Perceval :

« C'est d'accord. Nous irons visiter le site de Deloraine après la retraite. Après quoi nous organiserons la suite de ton long voyage à travers la Nouvelle-France. Je connais un autre ermitage qui se trouve au Lac-du-Chêne et de là tu pourras reprendre la diligence qui t'emmènera jusqu'à Granville. La prochaine ville importante s'appelle Sainte-Régeane. C'est la capitale de la principauté de Mystiminie, et je connais le prince régnant de la Mystiminie. Il s'appelle Albert et il a mon âge. »

Le prince Gabriel fit alors visiter le séminaire de formation de prêtres au roi Perceval. Cette journée fut une journée appréciable, car elle permit de couper la retraite en deux, surtout pour le roi Perceval qui commençait à trouver le temps long dans son ermitage. Quant au prince Gabriel d'Assiniboinie, il avait l'habitude des retraites en solitaire dans un érmitage de l'abbaye cartusienne de Notre-Dame-du-Lac-des-Cygnes.

Le roi Perceval fut émerveillé de voir le séminaire de formation des prêtres dans lequel le prince Gabriel avait fait ses études de théologie.

Après le repas de midi pris en silence dans le réfectoire du monastère, le prince Gabriel et le roi Perceval se promenèrent dans la forêt où ils purent voir des écureuils, des perdrix, des lapins sauvages et des hiboux qui dorment le jour.

L'heure des vêpres approcha. Et après le repas au réfectoire des moines, chacun retourna dans son ermitage et dans la solitude de la vie cartusienne.

A la fin de leur retraite, les sires Gabriel et Perceval se rendirent dans le bureau du père Nivard pour le remercier de son hospitalité et de son accueil.

Le roi Perceval prit la parole et dit au père Nivard :

« Je vous suis vraiment reconnaissant de m'avoir permis, pour la deuxième fois de ma vie, de passer quelques jours dans une abbaye cartusienne, et j'ai été très heureux de faire votre connaissance, mon révérend père abbé Nivard.

« Je vous remercie pour votre accueil. Que Dieu vous bénisse et bénisse vos frères. »

Le prince Gabriel dit au père Nivard :

« Ce fut une joie pour moi de revenir dans l'endroit où j'ai appris tant de choses sur Dieu. Je suis toujours heureux d'être tertiaire cartusien et je reviendrai régulièrement, malgré mon métier de prince régnant d'Assiniboinie. J'ai aussi été très heureux de vous présenter notre roi Perceval en personne. »

Ils quittèrent alors l'abbaye et prirent la route qui mène à Deloraine. Ils y arrivèrent vers midi et mangèrent, dans une petite auberge construite en bois, un délicieux repas avec une viande de bœuf grillé accompagnée de pommes de terre et de carottes, et un bon dessert aux abricots.

Après le repas le prince Gabriel montra l'immense dinosaure au roi Perceval qui n'en revenait pas, tant il était impressionné par l'immensité de l'animal préhistorique exposé en plein air.

Le temps était limpide, le ciel bleu azur, et les rayons de soleil faisaient briller les feuilles des arbres et les aiguilles des sapins de l'immense forêt et lui donnaient de belles couleurs.

Le prince Gabriel d'Assiniboinie raconta au roi Perceval l'histoire de la découverte du site préhistorique de Deloraine :

« Comme tu peux le voir, sire Perceval, voilà un dinosaure géant qui doit avoir plusieurs centaines de millions d'années. Ce spécimen a été découvert lors d'une fouille paléontologique effectuée il y a une centaine d'année, en l'an de grâce mille quatre-vingt-douze, presque un siècle après la découverte de l'actuelle Nouvelle-France par les Vikings.

« Parmi les Vikings, il y avait un prêtre français qui s'appelait Boniface. Il a été canonisé et on a donné son nom à l'actuelle capitale de la principauté d'Assiniboinie, bien que l'on ait féminisé le nom de en Sainte-Boniface.

« Progressivement on a reconstitué toutes les parties du corps de ce dinosaure géant.

« Dans une autre région de la principauté d'Assiniboinie, on a aussi retrouvé des ossements de tortues de mer préhistoriques de très grande taille. Je crois que certaines tortues de mer préhistoriques pouvaient atteindre jusqu'à cinq, six, voire même peut-être sept mètres de long.

« Il y a un site préhistorique, au bord d'un immense lac qui s'appelle le lac de Sainte-Boniface, dans la petite ville de Saint-Alexandre, tout près de l'abbaye bénédictine de Notre-Dame-du-Soleil-Levant où mon père a effectué ses études fondamentales et ses études universitaires de théologie. Sur ce site préhistorique de Saint-Alexandre, on peut voir des barques préhistoriques qu'on a retrouvées au fond du lac de Sainte-Boniface. »

Le roi Perceval dit au prince Gabriel :

« Ce que tu me dis est vraiment extraordinaire. Je découvre que la Nouvelle-France est extrêmement riche en sites préhistoriques.

« Lorsque je retournerai dans la partie ancienne du royaume du Saint-Graal, je demanderai que l'on fasse des fouilles pour savoir s'il y a aussi, en Europe, des vestiges préhistoriques comme celui-ci ou celui de Saint-Alexandre.

« Nous ne sommes plus au moyen-âge. Notre époque doit être celle de la découverte des sites préhistoriques de ce genre et de la connaissance de nos origines lointaines. J'inclurai la recherche de sites préhistoriques dans mon prochain discours du trône.

« Je suis très heureux que tu m'aies emmené à l'abbaye cartusienne de Notre-Dame-du-Lac-des-Cygnes et au site préhistorique de Deloraine, et en plus, par un temps magnifique ! »

CHAPITRE XI

LE ROI PERCEVAL PREND CONGE DU PRINCE GABRIEL D'ASSINIBOINIE ET ARRIVE A SAINTE-REGEANE DANS LA PRINCIPAUTE DE MYSTIMINIE POUR RENDRE VISITE AU PRINCE ALBERT DE MYSTIMINIE.

Sires Gabriel et Perceval quittèrent le site préhistorique de Deloraine et se rendirent à l'ermitage du Lac-du-Chêne qui est situé sur la route qui va de Mont-Royal à Granville, sur la côte ouest de la Nouvelle-France. Le voyage entre Deloraine et l'ermitage du Lac-du-Chêne dura six heures et, par chance, ils purent se restaurer dans l'ermitage tenu, lui aussi, par un tertiaire cartusien de l'abbaye de Notre-Dame-du-Lac-des Cygnes. Ce tertiaire était âgé d'environ soixante-dix ans. Il était trapu et avait une grosse barbe blanche. Il s'appelait Jean-Paul et connaissait aussi très bien le prince Gabriel d'Assiniboinie.

Le prince Gabriel frappa à la porte et le frère Jean-Paul ouvrit la porte et dit aux sires Gabriel et Perceval :

« Bonsoir, il se fait tard ! Ah, je vous connais, vous. Vous êtes le prince Gabriel qui règne sur l'Assiniboinie. Vous avez fait vos études de théologie chez les moines cartusiens de l'abbaye de Notre-Dame-du-Lac-des-Cygnes, et vous avez aussi fait un noviciat de tertiaire, je crois. Ah oui, je me souviens très bien, maintenant ! J'étais à la cérémonie de votre profession de tertiaire. Et ce jeune homme, comment s'appelle-t-il ? »

Le prince Gabriel répondit au frère Jean-Paul :

« Ce jeune homme s'appelle sire Perceval et il est notre roi. C'est lui qui a mis fin aux croisades et a retrouvé le Vase sacré appelé Saint-Graal, le nom que porte désormais son royaume dont fait partie la Nouvelle-France.

« Une question : quand est-ce que passe la prochaine diligence pour Granville ? Je vous pose cette question car sire Perceval fait un immense voyage à travers toute la Nouvelle-France. »

Le frère Jean-Paul dit aux deux jeunes sires :

« Vous avez beaucoup de chance. La prochaine diligence arrive demain soir et repartira le lendemain. Si vous étiez venu deux jours plus tard, vous auriez dû attendre trois ou quatre jours ici. »

Le roi Perceval à son tour prit la parole et dit au frère Jean-Paul :

« Je vous suis reconnaissant de votre accueil et je me réjouis de pouvoir rester ici deux nuits, jusqu'au départ de la prochaine diligence en partance pour Granville, via Sainte-Régeane et Saint-Albert. Le prince Gabriel d'Assiniboinie et moi-même, nous avons passé dix jours de retraite à l'abbaye cartusienne de Notre-Dame-du-Lac-des-Cygnes, et j'ai apprécié l'hospitalité du père abbé Nivard, malgré l'austérité de la vie cartusienne. »

Le frère tertiaire Jean-Paul leur servit un repas composé d'une tranche de pain grillé avec du beurre et d'un dessert aux fruits.

Le jour du départ de la diligence arriva et le roi Perceval prit congé du prince Gabriel d'Assiniboinie et lui dit :

« Et bien, mon cher prince Gabriel, j'ai eu beaucoup de plaisir à te connaître, à connaître toute ta famille, et tes amis les moines cartusiens de l'abbaye de Notre-Dame-du Lac-des-Cygnes. Je te remercie de m'avoir montré ton séminaire de formation de prêtres.

« Merci aussi pour la conférence de ta sœur la princesse Alice-Charlène sur les sites préhistoriques, et merci de m'avoir fait découvrir cet important site préhistorique de Deloraine. Tu transmettras toutes mes salutations à ta famille. Je reviendrai peut-être vous voir lorsque je serai sur le chemin du retour. Il est très important de garder des contacts et liens amicaux entre sires.

« Que Dieu vous bénisse tous, et qu'Il t'accompagne sur le chemin de retour à ton château. »

Le prince Gabriel dit au roi Perceval :

« Pour moi aussi ce fut un plaisir immense de te faire découvrir mon abbaye cartusienne de Notre-Dame-du-Lac-des-Cygnes et le site préhistorique de Deloraine. J'espère que tu auras du plaisir dans la suite de ton grand voyage à travers la Nouvelle-France.

« Si tu t'arrêtes chez le prince Albert de Mystiminie, salue-le de notre part et que Dieu te protège sur la longue route qui te mènera à Granville. A bientôt. »

Le prince Gabriel quitta l'ermitage-relais du Lac-du-Chêne avec son carrosse et sa jument Rosalie.

Quand arriva la diligence, le roi Perceval prépara ses bagages et les chargea sur la diligence qui allait très bientôt repartir.

Le voyage de l'ermitage-relais à Sainte-Régeane dura une douzaine d'heures, avec un repas dans un ermitage-relais situé dans la petite ville de Bois-Blanc. Le roi Perceval et les autres passagers de la diligence y mangèrent une soupe de pomme de terre avec des carottes et du poulet, et un gâteau aux poires comme dessert. La diligence arriva à Sainte-Régeane peu avant le coucher du soleil.

La station de diligence était située près du château du prince Albert de Mystiminie. Le roi Perceval frappa à la porte du château et un tout jeune prince aux longs cheveux châtains lui ouvrit la porte et dit :

« Bonsoir, sire. Comment vous appelez-vous ? »

Le roi Perceval répondit :

« Bonsoir, je m'appelle sire Perceval et je suis le roi du Saint-Graal, le nom que porte désormais notre royaume. Et vous, comment vous appelez-vous, sire ? »

Son interlociteur lui dit :

« Je m'appelle Albert de Mystiminie. Je viens d'être couronné prince régnant, car le prince Jean-René a fêté ses soixante-dix ans en l'an de grâce onze cent quatre-vingt-onze. Mon père, sire Jean-René, a en effet trouvé que c'était le moment pour lui de se retirer.

« J'ai un jeune frère, Pascal, qui fait ses humanités à l'université de Sainte-Régeane, une sœur, Antoinette, qui fait ses études fondamentales chez les bénédictines de Notre-

Dame-du-Rosaire à Sainte-Corine, au sud de Sainte-Régeane, et un petit frère qui va bientôt entrer à l'école fondamentale de l'abbaye bénédictine de Notre-Dame-de-Belle-Plaine. C'est là que mon père et moi avons étudié et passé notre diplôme d'études fondamentales et notre diplôme de théologie.

« Je crois que mon père vous connaît bien, car il était à votre couronnement il y a deux ans. Il a pu admirer le Vase sacré lorsqu'il est venu dans la partie ancienne du royaume du Saint-Graal.

« Ma famille et moi-même serons heureux de vous accueillir dans notre château, ici à Sainte-Régeane, jusqu'à la prochaine diligence qui arrive dans trois jours. Nous aurons ainsi le temps de mieux vous connaître. Je connais les jours et heures de passage de chaque diligence car je peux apercevoir la station depuis la fenêtre de ma chambre. Et j'entends aussi les sabots des chevaux et la corne du cocher lorsque je suis dans le jardin du château. »

Le roi Perceval prit un repas léger avec le prince Albert de Mystiminie. Puis il fut conduit dans la chambre d'hôte qui était une grande chambre avec un lit aux draps de soie violette. Cette chambre donnait sur l'enceinte du château.

De sa fenêtre, le roi Perceval pouvait apercevoir la station des diligences et le centre ville de Sainte-Régeane qui était éclairé avec des pépites de cuivre photoluminescentes. Il pouvait aussi voir la petite cathédrale et les petites maisons en pierres, dont le toit descendait jusqu' au sol.

Le roi Perceval passa une très bonne nuit et le lendemain il se réveilla et descendit dans la salle à manger du château de Sainte-Régeane. Le prince émérite Jean-René prenait son petit déjeuner avec la princesse Lyliane, la mère du prince Albert, et il reconnut le roi Perceval :

« Bonjour sire Perceval. Je vous reconnais bien. Je suis venu dans l'immense château de la Forêt Mystérieuse à la suite de votre découverte du Vase sacré, et j'étais à votre couronnement par le roi Arthur, voilà deux ans. J'étais là avec le prince Alexandre d'Athabascanie et le prince George d'Alascanie. Avez-vous des nouvelles récentes de notre roi émérite Arthur, sire Perceval ? »

Le roi Perceval répondit au prince émérite Jean-René :

« Oui, j'ai des nouvelles récentes du roi Arthur. Il est redevenu tertiaire bénédictin de l'abbaye de Glastonbury. Il avait déjà été tertiaire bénédictin lors de son premier règne, il y a six cents ans.

« Je suis très heureux que vous me connaissiez déjà. Il y avait tant de monde, à mon couronnement, que je ne vous ai pas vu, mais je suis heureux de pouvoir mieux vous connaître maintenant.

« Il y a quelques jours, en Assiniboinie, j'ai visité un important site préhistorique à Deloraine. Y a-t-il aussi des sites préhistoriques à voir en Mystiminie ? »

Sire Jean-René répondit au roi Perceval :

« Oui, il y a un site préhistorique à Saint-Victor. Il renferme des ossements de tyrannosaures et de poissons préhistoriques. Mais ce site n'est pas aussi grandiose que celui que vous avez vu dans la principauté d'Assiniboinie. Dans presque toutes les principautés de Nouvelle-France, il y a au moins un site préhistorique, et dans les Iles d'Emeraude il y a même un site préhistorique marin où l'on peut voir des ossements de léviathans. Ici, près de Sainte-Régeane, il y a un bateau préhistorique qu'on peut admirer, près de l'abbaye bénédictine de Notre-Dame-de-Belle-Plaine. Cette barque a au moins cent-cinquante mille ans, et peut-être même plus. »

Le prince émérite Jean-René avait une longue barbe grisonnante. Il était tertiaire de l'abbaye bénédictine de Notre-Dame-de-Belle-Plaine.

La princesse Lyliane prit la parole et dit :

« Je suis aussi très heureuse de voir que notre roi n'a pas hésité à faire un immense voyage pour venir en Nouvelle-France. Nous nous réjouissons de voir notre nouveau roi Perceval. L'autre jour, je priais Dieu pour que notre roi vienne un jour en Nouvelle-France, et voilà que Dieu a entendu ma prière et l'a exaucée. »

La princesse Lyliane était une femme de soixante-cinq ans avec de longs cheveux noirs. Elle était très croyante. Elle était tertiaire de l'abbaye bénédictine de Notre-Dame-de-Val-Marie où elle avait fait ses études fondamentales, avant de faire des études de philosophie à l'université de Sainte-Régeane. Devenue professeur de philosophie, elle venait de prendre sa retraite.

Le prince Jean-René, lui, avait fait des études de théologie, en même temps que sa formation de chevalier à la cour de son père, Paul-René. Le prince Jean-René était devenu prince régnant vers trente-cinq ans, car son père, le prince Paul-René avait tenu à régner jusqu'à la fin de sa vie.

Le jeune prince Albert arriva dans la salle à manger et dit :

« Bonjour tout le monde. Ah, je vois que notre roi Perceval est là ! Comment-allez-vous, sire Perceval ? »

Le roi Perceval lui répondit :

« Je vais très bien et j'ai très bien dormi. J'étais en train de parler avec votre père de mon couronnement et de l'intérêt que je porte aux sites préhistoriques de Nouvelle-France. Il m'a dit qu'il y a un site préhistorique à Saint-Victor, mais qu'il est moins connu et moins grandiose que le site préhistorique de Deloraine. Je ne sais pas encore si j'irai voir le site préhistorique de Saint-Victor. Où se trouve-t-il ? »

Le prince Albert dit au roi Perceval :

« Le site préhistorique de Saint-Victor est loin. Il faudrait y consacrer au moins un ou deux jours. Je crois que nous ferions mieux de vous montrer la ville de Sainte-Régeane. »

La famille du prince Albert de Mystiminie emmena le roi Perceval voir la ville de Sainte-Régeane, à commencer par la cathédrale qui s'appelait l'église du Christ-Roi. C'était une église gothique avec de beaux vitraux qui représentaient la résurrection de Jésus-Christ. La messe allait commencer. Elle fut célébrée par l'évêque de Sainte-Régeane, Monseigneur Olivier, qui connaissait très bien la famille du prince Albert de Mystiminie.

Après la messe, la famille princière alla saluer Monseigneur Olivier et le prince Albert lui présenta le roi Perceval :

« Bonjour, Monseigneur Olivier. Nous vous présentons sire Perceval, notre roi, qui vient nous rendre visite en

Nouvelle-France. Nous avons beaucoup aimé votre homélie sur l'amour pour le prochain. »

Monseigneur Olivier répondit :

« Je suis enchanté de faire votre connaissance, sire Perceval. J'imagine que vous avez mis beaucoup de temps pour aller de la partie ancienne à la partie nouvelle du royaume du Saint-Graal ».

Le roi Perceval dit à Monseigneur Olivier :

« Oui, j'ai effectué un très long voyage. Je suis parti de Cherbourg avec mon frère, l'amiral Christian, au mois de mai. Et nous voilà bientôt en août ».

Le prince émérite, sire Jean-René, dit à son tour à Monseigneur Olivier :

« J'étais au couronnement du roi Perceval par le roi Arthur qui l'a fait roi du Saint-Graal. Il y avait tellement de princes, de ducs et autres sires et chevaliers qu'il ne m'a pas vu. Mais je suis très heureux que ce jeune homme soit maintenant notre roi ».

Monseigneur Olivier invita la famille princière et le roi Perceval pour le repas de midi. Au cours du repas, Monseigneur Olivier dit à sire Perceval :

« Racontez-nous votre voyage en Nouvelle-France, sire Perceval. »

Le roi Perceval raconta et dit à Monseigneur Olivier et à la famille princière de Mystiminie :

« Après avoir traversé l'océan atlantique à bord de la caravelle l'*Etoile de la Mer* de mon frère, l'amiral Christian, nous sommes arrivés à Mont-Royal. La vice-reine de Nouvelle-France, dame Mirabel, nous a accueillis dans son château de la Cité-des-Deux-Montagnes.

« J'ai ensuite pris la diligence jusqu'à Sainte-Boniface où j'ai été chaleureusement reçu par le prince Gabriel d'Assiniboinie. Le prince Gabriel m'a fait découvrir l'abbaye cistercienne de Notre-Dame-des-Prairies, et aussi l'abbaye cartusienne de Notre-Dame-du-Lac-des-Cygnes dans lequel il a fait ses études de théologie.

« Et il m'a emmené voir le site préhistorique de Deloraine

où j'ai découvert un immense dinosaure reconstitué avec tous ses ossements.

« J'ai repris la diligence et je suis arrivé en Mystiminie, chez le prince Albert.

« Et dans deux jours, je reprendrai la diligence pour Granville, afin de rejoindre les Iles d'Emeraude où je suis attendu par le prince Nicolas. Ce prince qui a mon âge m'a invité dans son château de Fort-Saint-Jean-Baptiste.

« Avec sire Gabriel d'Assiniboinie, j'ai découvert la paléontologie. Le prince Albert me dit qu'il y a aussi un site préhistorique en Mystiminie mais qu'il est vraiment loin de Sainte-Régeane. »

Après le repas, le roi Perceval et ses hôtes visitèrent la ville de Sainte-Régeane. Ils se rendirent dans un très beau parc zoologique avec des éléphants, des lions, des tigres et des tigres blancs, des otaries, des phoques avec leurs petits, des flamands roses, des gorilles et des chimpanzés.

Le prince Albert dit au roi Perceval :

« C'est mon grand-père qui a inauguré ce très beau parc zoologique. Il tenait à ce que la capitale de la Mystiminie ait un parc zoologique. Vous avez pu admirer tous ces beaux animaux et, comme vous l'avez remarqué, sire Perceval, les petits phoques ont une sorte de fourrure blanche qu'ils perdent lorsqu'ils deviennent adultes. Ce manteau blanc s'appelle un duvet, un peu comme chez les oiseaux. Quant aux singes, ce sont des espèces qui viennent d'Afrique et d'Asie. Ils ont été importés par les Vikings qui ont aussi ouvert des parcs zoologiques. »

Le roi Perceval demanda à Sire Albert de Mystiminie :

« Sire Albert, comment ces espèces animales se sont-elles acclimatées aux rudes hivers de Nouvelle-France ? »

Le prince Albert répondit au roi Perceval :

« Ces espèces animales, comme les gorilles et les chimpanzés, se sont très bien acclimatées. Lorsqu'il fait trop froid, il y a des refuges chauffés avec des poêles à bois que les gardiens du zoo alimentent. Les animaux sont très bien traités en Nouvelle-France, et les cirques n'utilisent plus d'animaux pour amuser le public. »

Le roi Perceval ajouta :

« C'est très bien que l'on n'utilise plus d'animaux dans les cirques. C'est désormais interdit dans tous les duchés et principautés du royaume du Saint-Graal. Car j'ai inclus dans mon premier discours du trône l'interdiction totale d'utiliser les animaux dans les cirques pour amuser le public. J'ai trop souffert, lorsque j'étais enfant, de voir des animaux recevoir des coups de fouets pour faire leurs numéros, juste pour amuser le public. »

Le prince Albert de Mystiminie dit au roi Perceval :

« Je vous comprends très bien sire Perceval. Moi aussi, je suis contre l'exploitation des animaux dans les cirques. Le public peut très bien se divertir sans voir souffrir des animaux. Je vous félicite d'avoir inscrit l'interdiction de l'usage des animaux dans les cirques dans votre discours du trône. »

Après avoir visité le parc zoologique, la famille du prince Albert de Mystiminie et le roi Perceval firent une brève visite dans les rues de Sainte-Régeane avant de retourner au château.

Avant le repas du soir, ils assistèrent à une brève messe dite dans la chapelle du château par le révérend Lucien.

Puis le prince Albert de Mystiminie, sa famille et le roi Perceval se rendirent dans la salle à manger du château où ils prirent un repas composé d'une soupe de pommes de terre, une tranche de pain grillé et d'une tarte aux framboises, fraises, mûres et myrtilles.

Pendant le repas, le roi Perceval dit :

« Cette soupe de pommes de terre est vraiment délicieuse et j'apprécie aussi ces tranches de pain grillé, ce jus de pomme et ce dessert aux fruits rouges.

« Demain, je poursuivrai mon voyage à travers la Nouvelle-France. Avant de rendre visite à sire Nicolas, prince des Iles d'Emeraude, je m'arrêterai en Albertinie où je rendrai visite à dame Alice d'Albertinie. Le Voyage de Sainte-Régeane à Saint-Albert devrait durer deux ou trois jours.

« J'ai été vraiment très heureux de vous connaître et de visiter ce magnifique parc zoologique. »

Le prince émérite Jean-René dit au roi Perceval :

« Pour nous aussi, ce fut un grand plaisir de vous accueillir dans le château de notre principauté de Mystiminie, et nous espérons que vous reviendrez un jour. »

CHAPITRE XII

LE ROI PERCEVAL QUITTE LA FAMILLE DU PRINCE ALBERT DE MYSTIMINIE, SE REND DANS LA PRINCIPAUTE D'ALBERTINIE ET REND VISITE A LA PRINCESSE ALICE D'ALBERTINIE

Après avoir passé une bonne nuit, le roi Perceval prit son petit déjeuner en compagnie du prince Albert et de son père.

Le prince Albert dit au roi Perceval :

« Bon voyage, sire Perceval, et a bientôt. Que Dieu vous bénisse dans votre grand voyage à travers la Nouvelle-France. »

Le prince Jean-René dit à son tour :

« Soyez prudent, sire Perceval, et encore une fois merci pour votre visite et pour votre courage. Que Dieu vous bénisse et bénisse la suite de votre grand voyage en Nouvelle-France. »

Après avoir chaleureusement remercié ses hôtes, le roi Perceval se rendit à la station des diligences et chargea ses bagages. Le cocher souffla dans sa corne et la diligence partit.

Elle s'arrêta dans la petite ville de Saint-Floréal pour permettre aux cochers et aux passagers de se restaurer, et aux chevaux de se reposer. Le roi Perceval, les autres passagers et les cochers prirent un bon repas, puis la diligence reprit la route en pleine forêt.

Nouvel arrêt, pour la nuit à Saint-Vermilion, petite ville-relais qui comptait une abbaye bénédictine, l'abbaye de Notre-Dame-de-Saint-Vermilion, située à cinq kilomètres de l'ermitage-relais. L'ermitage-relais était une grande maison en troncs d'arbres, dont le toit, recouvert d'ardoise grise, descendait jusqu'au sol. Le roi Perceval, les passagers et les cochers prirent un délicieux repas avec du pain grillé au beurre et au fromage, une bonne tasse de thé et un dessert aux pruneaux. De la grande fenêtre de sa chambre, le roi Perceval put admirer le ciel étoilé avec un beau croissant de lune qui allait se coucher, et une somptueuse voie lactée. A l'horizon, une comète de couleur bleuâtre se dirigeait vers l'est.

Après le petit déjeuner, la diligence repartit en direction de Saint-Albert qu'elle atteignit à midi.

La station des diligences était près du grand château de dame Alice d'Albertinie. Le roi Perceval avait décidé de lui rendre visite. Il sonna à la porte du château.

Dame Alice d'Albertinie, qui avait vingt-cinq ans et qui paraissait beaucoup plus jeune, avait des cheveux longs, blonds et soyeux. Elle régnait depuis déjà quatre ans et sa famille était disséminée à travers toute la principauté d'Albertinie. Ses parents, le prince Alfred et la princesse Aline-Jeane, s'étaient retirés dans un ermitage qui se trouvait à Sainte-Lyne, à cent quatre-vingt kilomètres au nord-est de Saint-Albert, pour mener une vie plus tranquille. Ils lui avaient légué le château qui était situé à l'est de la petite ville de Saint-Albert.

Ayant ouvert la porte, la princesse Alice dit :

« Bonjour, sire. Quel est votre nom ? Et comment allez-vous ? »

Le roi Perceval lui répondit :

« Je m'appelle sire Perceval. Je suis le roi du Saint-Graal. Je viens de très loin, de la partie ancienne du royaume qui s'appelle l'Europe et plus précisément, de France. Je suis en visite dans la partie Nouvelle du royaume du Saint-Graal, et le prince des Iles d'Emeraude m'attend dans son château à Fort-Saint-Jean-Baptiste. »

La princesse Alice dit :

« Je m'appelle dame Alice d'Albertinie, j'ai vingt-cinq ans dont quatre ans de règne. Je suis tertiaire d'une abbaye cartusienne qui se trouve à Saint-Isidore et qui s'appelle l'abbaye de Notre-Dame-de-la-Rivière-de-la-Paix... Mais je m'aperçois que le temps passe. Je vais prendre mon repas de midi, vous êtes mon invité. Je vous montrerai ensuite la petite ville de Saint-Albert, car il n'y a pas de nouvelle diligence avant trois jours. Je vous logerai dans l'appartement des visiteurs. »

Le roi Perceval dit à dame Alice d'Albertinie :

« Je vous remercie de votre hospitalité, dame Alice. Y a-t-il un site préhistorique à Saint-Albert ? »

La princesse Alice d'Albertinie répondit au roi Perceval :

« Il n'y a pas de site préhistorique à Saint-Albert, mais il y en a un à Beaumont, où l'on peut voir un dinosaure nain et des coquilles d'escargots préhistoriques que l'on a découverts lorsque mon père régnait encore. Ces coquilles ont vingt-cinq à trente centimètres de long et de large. On a aussi découvert des squelettes de poissons, qui ressemblent aux saumons d'aujourd'hui, dans le lac de Sainte-Anne, et aussi dans un très grand lac qui s'appelle le lac des Castors, et dans certaines rivières comme la rivière de la Paix.

« L'Albertinie est aussi une principauté très riche en abbayes monastiques. Certains moines bénédictins ont adopté la vie anachorétique, comme les cartusiens. C'est le cas des moines de l'abbaye de Notre-Dame-de-la-Très-Grande-Solitude, près du lac des Pigeons. Mais, contrairement aux cartusiens, ces moines bénédictins anachorétiques accueillent des visiteurs et des pèlerins. Il y en a une autre à Saint-Delacour, tout près de la ville d'Eau-Claire. L'abbaye bénédictine de Notre-Dame-de-Saint-Delacour abrite un séminaire judéo-chrétien dans lequel sont formés des prêtres chrétiens et des prêtres israélites. Les moines bénédictins anachorétiques de Notre-Dame-de-Saint-Delacour sont très connus à travers toute la Nouvelle-France.

« Demain, je vous montrerai la ville de Saint-Albert avec sa cathédrale et je vous montrerai aussi la synagogue. Le grand prêtre des Israélites est le révérend Jacob-Eloïm. Je le connais très bien car je vais souvent à la synagogue, bien que je sois une princesse chrétienne. »

Le roi Perceval dit à son tour à la princesse Alice :

« Je suis vraiment très intéressé de découvrir que la partie nouvelle du royaume du Saint-Graal possède une très grande richesse paléontologique.

« Et je suis très heureux, aussi, de voir qu'il s'y trouve des moines bénédictins anachorétiques, qui ont adopté le genre de vie des moines cartusiens. J'aimerais beaucoup passer quelques jours dans une abbaye bénédictine anachorétique comme l'abbaye de Notre-Dame-de-la-Très-Grande-Solitude ou l'abbaye de Notre-Dame-de-Saint-Delacour. »

Dame Alice reprit la parole :

« Pour aller à l'abbaye de Notre-Dame-de-la-Très-Grande-Solitude, il vous faudrait compter un jour de diligence privée, car il n'a pas de service de diligence. Le chemin est étroit et, comme la région est presque entièrement recouverte de forêts, il est très facile de se perdre. Je vous y conduirais volontiers, mais étant une femme, je n'aurais probablement pas le droit d'entrer. Je pourrais aussi demander à mon frère Eugène-Daniel, qui est tertiaire de cette abbaye bénédictine anachorétique. Sire Eugène-Daniel est prêtre dans le diocèse de Saint-Albert et il habite soit au château soit au presbytère qui est à côté de la cathédrale. Il a fait ses études de théologie chez les bénédictins anachorétiques de Notre-Dame-de-Saint-Delacour. »

La journée passa très vite et le roi Perceval fut convié à participer à la messe du soir qui était justement célébrée par le révérend sire Eugène-Daniel qui était en même temps l'aumônier de la famille princière d'Albertinie.

Sire Eugène-Daniel était un jeune homme d'une trentaine d'année avec des longs cheveux et pas de barbe. Il avait fait ses études fondamentales à l'abbaye bénédictine de Notre-Dame-de-Saint-Vermilion. En même temps que sa formation de chevalier, il avait fait des études de théologie. Il avait servi son père, le prince Alfred, pendant deux ou trois ans. Mais il avait été appelé par Dieu avait décidé de devenir prêtre. De ce fait, c'est Alice qui avait été couronnée princesse régnante de la principauté d'Albertinie.

Après la messe, le roi Perceval regagna la chambre réservée aux hôtes de marque. C'était une grande et belle chambre avec un lit à baldaquin garni de draps de soie vert péridot et de rideaux bleu marine avec des fleurs de lys dorée. Le roi Perceval pouvait voir la ville de Sain t-Albert et, au-delà, une chaîne de montagnes, les Montagnes Rocheuses.

La nuit venue, le roi Perceval entendit un énorme orage. Une fois passé l'orage il s'endormit et passa une bonne nuit. Au matin, il se leva et descendit dans la salle à manger où il trouva la princesse Alice et son frère, le prince-révérend Eugène-Daniel.

Dame Alice demanda au roi Perceval :

« Sire Perceval, avez-vous bien dormi, malgré le gros orage qui s'est abattu sur la ville de Saint-Albert ? »

Le roi Perceval répondit à dame Alice :

« Oui, dame Alice, j'ai très bien dormi. Et vous-même ?

Dame Alice lui dit :

« Oui, j'ai très bien dormi. Pour me présenter un peu mieux qu'hier, je voudrais vous dire que j'ai suivi mes études fondamentales chez les sœurs bénédictines de Notre-Dame-de-Sainte-Anne, à Sainte-Anne-de-Glenevis. A seize ans, j'ai fait un apprentissage de clerc en même temps que des études de philosophie, et un noviciat de tertiaire cartusienne à l'abbaye de Notre-Dame-de-la-Rivière-de-la-Paix. Et à vingt et un ans, j'ai été couronnée princesse régnante d'Albertinie.

« Demain, vous pourrez certainement faire la connaissance de mes parents, qui viennent régulièrement au château de Saint-Albert. Ils vivent dans un ermitage qui se trouve à Sainte-Lyne et qui appartient à notre famille depuis la création de la principauté d'Albertine. Mon arrière-grand-père, qui s'appelait sire Albert-René, a donné son nom à la principauté.

« Mon père, le prince Alfred, était aussi évêque de Saint-Albert. Il a fait ses études fondamentales chez les moines bénédictins anachorétiques de l'abbaye de Notre-Dame-du-Lac-des-Pigeons, et un apprentissage de forgeron chez les moines bénédictins de l'abbaye de Notre-Dame-de-Saint-Delacour qui fabriquent les fers des chevaux de toutes les diligences de Nouvelle-France.

« Ma mère, Aline-Jeane, a fait ses études fondamentales chez les sœurs bénédictines de l'abbaye de Notre-Dame-de-Saint-Paul et à seize ans, elle a fait ses humanités à l'université de Saint-Albert en même temps qu'un apprentissage de clerc chez l'évêque de Saint-Albert.

« J'ai aussi un petit frère, André-Louis, qui a onze ans, une sœur de quinze ans, demoiselle Sophie-Anne, qui prépare son diplôme d'études fondamentales chez les sœurs bénédictines de Notre-Dame-de-Sainte-Anne, et enfin, un autre frère, sire Etienne-Christian, âgé de vingt-deux ans, qui est chevalier et tertiaire bénédictin à l'abbaye de Notre-Dame-du-Lac-des-Pigeons. Sans oublier, bien sûr, sire Eugène -Daniel. Ah ! Le voilà qui arrive pour prendre son petit déjeuner. »

Le prince-révérend dit :

« Bonjour dame Alice. Bonjour sire. Ailez-vous bien ? »

La princesse Alice lui répondit :

« Nous allons bien. Je viens de raconter un peu l'histoire de notre principauté au roi Perceval, qui manifeste un grand intérêt pour les abbayes bénédictines anachorétiques. Je lui ai dit que tu étais tertiaire dans deux de ces abbayes, Notre-Dame-du-Lac-des-Deux-Pigeons et Notre-Dame-de-Saint-Delacour, près de la Petite ville d'Eau-Claire.

« Comment as-tu-dormi, sire Eugène-Daniel ? »

Sire Eugène-Daniel dit :

« J'ai très bien dormi, malgré ce gros orage qui était très bruyant mais dont nous avions besoin car il commençait à faire trop sec pour les quelques prairies de la principauté d'Albertinie.

« Je vais donc me présenter à mon tour à notre roi Perceval. Je suis prêtre-chevalier, c'est-à-dire que j'ai fait une triple formation. Entre seize et vingt et un ans, j'ai effectué ma formation de chevalier à la cour de notre père, le prince Alfred. J'ai aussi appris le métier de forgeron avec les moines bénédictins anachorétiques de l'abbaye de Notre-Dame-de-Saint-Delacour. Et j'ai fait mon noviciat de tertiaire dans cette même abbaye, qui est l'abbaye-mère de l'abbaye bénédictine de Notre-Dame-du-Lac-des-Pigeons dans laquelle j'avais préparé mon diplôme d'études fondamentales. Ce sont les moines bénédictins anachorétiques de Notre-Dame-de-Saint-Delacour qui ont fondé l'abbaye de Notre-Dame-du-Lac-des-Pigeons. Et je suis tertiaire des deux abbayes bénédictines, ce qui est très rare, surtout en Nouvelle-France.

« L'abbaye de Notre-Dame-du-Lac-des-Pigeons s'est spécialisée dans les études fondamentales, tandis que l'abbaye-mère s'est spécialisée dans les études théologiques et la formation de prêtres diocésains. Ils forment aussi les prêtres israélites pour toutes les congrégations israélites des principautés de Nouvelle-France, qui sont situées à l'ouest de Sainte-Boniface. Les prêtres des congrégations israélites des principautés situées à l'est de Sainte-Boniface sont formés à l'abbaye de Notre-Dame-de-Sainte-Véronique, dans la principauté du Val-d'Or, au nord de la principauté de Laurentinie. Je suis devenu « architertiaire » en demandant une extension de mon statut principal de tertiaire de l'abbaye de Notre-Dame-de-Saint-Delacour à celle de Notre-Dame-des-Pigeons, car ayant appris lors de mes études de théologie que Notre-Dame-de-Saint-Delacour avait fondé l'abbaye de Notre-Dame-du-Lac-des-Pigeon, j'avais envie d'être rattaché aux deux maisons à travers le tiers-ordre. A vrai dire, je serais très favorable à la fusion des deux groupes de tertiaires, et j'ai une forte envie d'en parler aux deux pères abbés, les abbés Jean-Raphaël de l'abbaye de Notre-Dame-de-Saint-Delacour et Jule-Bernard de l'abbaye de Notre-Dame-du-Lac-des-Pigeons. »

Le roi Perceval demanda à sire Eugène-Daniel :

« Je suis très intéressé par votre récit extraordinaire sur l'existence d'abbayes de moines bénédictins anachorétiques. Y aurait-il une possibilité de leur rendre visite ? »

Le prince-révérend Eugène-Daniel répondit au roi Perceval

« Oui, il y aurait une possibilité, car ils nous connaissent très bien. Mais il faudra vivre dans un ermitage, comme chez les moines cartusiens. Et il faudra vraiment bien respecter les moines israélites car comme vous le savez les Israélites qui vivent en Nouvelle-France sont des gens qui ont beaucoup souffert. Pour y aller, comme il n'y aucune diligence, je prendrai le carrosse de dame Alice d'Albertinie, avec son autorisation, et il nous faudra deux à trois jours pour aller à Saint-Delacour qui est tout près d'Eau-Claire.

« Racontez-moi comment vous êtes devenu roi du Saint-Graal ? »

Le roi Perceval commença à raconter :

« Je suis devenu roi après avoir arrêté les croisades et découvert le Vase sacré, le Saint-Graal. Je suis né en Bretagne dans la famille du duc et de la duchesse. En France, nous n'avons pas de principautés comme en Italie ou en Germanie ou comme ici en Nouvelle-France, mais des duchés et archiduchés. J'ai fait mes études fondamentales à l'abbaye bénédictine de Mouthier-Royal. A seize ans, j'ai commencé des études de théologie, en même temps que ma formation de chevalier auprès du roi Arthur, en Angleterre. J'ai été adoubé à vingt et un ans. Et j'ai, dans le même temps, passé ma maîtrise de théologie.

« Ayant fait un rêve lors d'une retraite chez les moines bénédictins de l'abbaye de Westminster, dans lequel Dieu m'avait demandé de mettre fin aux croisades, j'en ai parlé au roi Arthur. Et je suis parti en Israël. Après la fin des croisades, j'ai organisé une conférence de paix internationale et interreligieuse qui s'est conclue par un traité de paix internationale et interreligieuse. Je l'ai signé avec les principaux chefs spirituels et je l'ai remis au pape Joachim sur le chemin du retour.

« Une fois rentré en France, au moment de l'Ascension, je suis allé à l'ordination de mon frère Gérald à l'abbaye de Cîteaux, et je me suis rendu à l'abbaye de Clairvaux pour faire une retraite jusqu'à la Pentecôte. Là, j'ai découvert une porte mystérieuse dans une petite chapelle. Derrière cette porte, il y avait un très long couloir qui m'a conduit dans une immense salle octogonale qui abritait le Saint-Graal. J'ai alors fait venir toutes les cours d'Europe et de Nouvelle-France et le roi Arthur a décidé de créer un nouveau royaume qui porte le nom de royaume du Saint-Graal. Il a décidé d'abdiquer et il m'a fait roi du nouveau royaume.

« Je suis ensuite devenu tertiaire bénédictin de l'abbaye de Mouthier-Royal où j'ai fait mes études fondamentales. »

CHAPITRE XIII

LA PRINCESSE ALICE D'ALBERTINIE EMMENE LE ROI PERCEVAL AU SITE PREHISTORIQUE DE BEAUMONT APRES LA VISITE DE SAINT-ALBERT

Après le petit déjeuner, la princesse Alice d'Albertinie emmena le roi Perceval faire la visite de la ville de Saint-Albert, à commencer par la cathédrale Saint-Mathieu. C'était une cathédrale de style gothique avec de superbes vitraux qui représentaient le Christ prononçant le sermon sur la montagne. Il y avait de belles stalles en bois de chêne et un très beau lustre avec des citrines photoluminescentes. La Vierge Marie, Reine du Monde, y était représentée.

La princesse Alice d'Albertine connaissait très bien l'évêque de Saint-Albert, Monseigneur Eric, tertiaire de l'abbaye bénédictine de Notre-Dame-de-Saint-Delacour.

Comme la messe allait commencer, la princesse Alice proposa au roi Perceval d'y assister.

Le roi Perceval répondit à dame Alice d'Albertinie :

« Avec grand plaisir. »

Monseigneur Eric entra avec sa crosse et se rendit dans la nef. Dame Alice dit au roi Perceval :

« En semaine, les messes ont toujours lieu dans l'une des nefs latérales. Mais le dimanche et les jours fériés, la messe a lieu dans le chœur. Il y a aussi une crypte où a lieu le catéchisme pour les enfants qui se préparent à la confirmation, à seize ans. Je vous emmènerai aussi à la synagogue qui se trouve derrière la cathédrale. »

La messe commença par un chant interprété par des choristes qui venait de l'école fondamentale de l'abbaye de Notre-Dame-du-Lac-des-Pigeons. Monseigneur Eric prononça une homélie sur le Sermon sur la Montagne et invita l'assemblée à dire la Prière du Seigneur.

Après la messe, dame Alice alla vers Monseigneur Eric :

« Monseigneur Eric, je vous présente un hôte de marque qui vient de très loin, de France, et qui s'appelle sire Perceval. »

Sire Perceval enchaîna :

« Oui, Monseigneur, je viens de très loin et je suis le roi du royaume du Saint-Graal. Je visite les principautés de Nouvelle-France et je suis heureux de faire votre connaissance.

« J'ai été très satisfait d'entendre de jeunes choristes venus d'une école fondamentale, car il est très important que les élèves des écoles fondamentales apprennent le chant, la musique et les arts. Merci à vous, aussi, pour cette belle messe et cette belle homélie. »

Monseigneur Eric convia la princesse Alice d'Albertinie et le roi Perceval à un délicieux repas au cours duquel Monseigneur Eric leur expliqua :

« Ces jeunes choristes viennent de l'abbaye bénédictine anachorétique de Notre-Dame-du-Lac-des-Pigeons, où ils reçoivent des cours de chant dans leur programme d'études fondamentales. Et leur diplôme d'études fondamentales comporte une épreuve de chant, de musique et d'art. »

La princesse Alice d'Albertinie dit à son tour :

« Moi aussi je trouve qu'il est très important que les enfants reçoivent des leçons de chant dans leurs études fondamentales. J'espère que mon petit frère André-Louis bénéficiera de telles leçons dans son programme d'études fondamentales. Quant à ma jeune sœur, Sophie-Anne, elle a des leçons de chant, et elle viendra chanter à la messe dans un proche avenir. Et l'an prochain sera celle de son diplôme et de sa confirmation. »

Le roi Perceval dit à dame Alice d'Albertinie :

« Que compte-t-elle faire après son diplôme d'études fondamentales ? »

Dame Alice répondit :

« Elle parle de faire de la théologie et un apprentissage de clerc, peut-être chez les sœurs bénédictines de l'abbaye de Sainte-Anne-de-Glenevis, car elle aimerait devenir professeur d'études fondamentales. Je la verrais bien enseigner la morale et la rhétorique aux jeunes élèves des études fondamentales. »

Le roi Perceval dit à dame Alice :

« Je vois, et je pense aussi que votre sœur pourrait devenir professeur d'études fondamentales après une maîtrise de théologie et un apprentissage de clerc. Les abbayes qui abritent une école fondamentale ont besoin de clercs qui s'occupent de l'administration. A Mouthier-Royal, où j'ai fait mon diplôme d'études fondamentales, il y a des clercs qui sont en même temps des professeurs laïcs. Ils enseignent l'histoire, la rhétorique, le latin ou les mathématiques. » »

Le repas terminé, Monseigneur Eric leur dit :

« Je vous remercie d'être venus. Que Dieu vous bénisse et à bientôt, j'espère. «

Dame Alice emmena le roi Perceval à la synagogue qui se trouvait près de la cathédrale Saint-Mathieu.

Le révérend israélite Ismaël dit à la princesse Alice :

« Quelle joie de voir une princesse chrétienne dans une synagogue ! Je vous connais, car vous êtes venue à une bar-mitsva l'an dernier. Et qui est ce charmant jeune homme qui vous accompagne ? »

Dame Alice dit au révérend Ismaël :

« Révérend Ismaël, je vous présente sire Perceval, le roi Perceval plus précisément. Il est roi de notre royaume du Saint-Graal. C'est lui qui a mis fin aux croisades et qui a retrouvé le Vase sacré qui s'appelle le Saint-Graal. »

Le roi Perceval dit au révérend Ismaël :

« C'est une grande joie de vous connaître et de visiter votre synagogue. La dernière fois que j'ai visité une synagogue, c'était en Israël lorsque je suis allé mettre fin aux croisades pour libérer le peuple israélite. On me dit que la Nouvelle-France a été le refuge de beaucoup d'Israélites. »

Le révérend Ismaël répondit au roi Perceval :

« C'est exact. Et les monastères chrétiens de Nouvelle-France ont décidé d'accueillir des frères israélites, ce qui est un exemple en matière de relations entre Israélites et Chrétiens. D'ailleurs, les moines bénédictins de Notre-Dame-de-Saint-Delacour forment aussi des prêtres israélites.

Chez nous, les jeunes gens ont aussi une cérémonie d'entrée dans l'âge adulte spirituel, à seize ans. C'est la bar-mitsva pour les garçons et la bat-mitzvah pour les filles Elles sont l'équivalent de votre confirmation. Nous avons fixé la bar-mitsva et la bat-mitzvah à seize ans pour la faire coïncider avec l'âge de la prémajorité en droit humain. Les jeunes gens et jeunes filles israélites prennent ainsi conscience qu'ils sont en train de devenir adultes dans leur foi comme face à la loi. »

Le roi Perceval dit au révérend Ismaël :

« Nous avons eu beaucoup de plaisir à visiter votre synagogue la princesse Alice d'Albertinie et moi-même. Nous reviendrons avec plaisir. A bientôt, révérend Ismaël. »

La princesse Alice d'Albertinie emmena alors le roi Perceval au jardin botanique qui se trouvait près de la cathédrale Saint-Mathieu et de la synagogue.

Dame Alice d'Albertinie dit au roi Perceval :

« Vous voyez, sire Perceval, il y a des hortensias roses, et un peu plus loin, des hortensias bleus. Les hortensias sont très répandus en Nouvelle-France, et nous en avons dans le jardin de notre château. »

Le roi Perceval vit des tagettes orange et dit à dame Alice :

« Ce sont des tagettes, ces petites fleurs oranges, et j'en ai dans les jardins de mon château de la Forêt Mystérieuse. »

Plus loin, dame Alice d'Albertinie et le roi Perceval virent des capucines vertes et des fuchsias, et des hibiscus, et des plates-bandes de lavande.

Ils terminèrent la visite par l'arboretum où se trouvaient des tilleuls, des sapins, des peupliers, des cèdres, et des arbustes qui ressemblaient des genêts, et aussi des pins, comme ceux du sud de la France.

Dame Alice d'Albertinie dit au roi Perceval :

« Je vais maintenant vous emmener au parc préhistorique de Beaumont. Nous irons en carrosse et nous serons de retour au coucher du soleil. »

A l'écurie, la princesse Alice dit au roi Perceval :

« Je vous présente Julien, mon cheval blanc. »

La princesse Alice et le roi Perceval sortirent de l'enceinte du château et partirent vers le sud, en direction de Beaumont. Ils atteignirent le site de Beaumont après une heure à travers une immense forêt.

La princesse Alice dit au roi Perceval :

« Nous voici rendus au site préhistorique de Beaumont. Vous pouvez voir un spécimen de dinosaure nain. Juste à côté, vous voyez une coquille d'escargot préhistorique protégée par une sorte de cage afin d'empêcher les visiteurs de la toucher.

« Un peu plus loin, voilà le squelette d'un dodo, un gros oiseau préhistorique, et des fossiles de poissons.

« Ce site a été découvert il y a cent ans, et la principauté d'Albertinie en possède plusieurs autres, comme le site du Lac-du-Poisson-Blanc, où l'on a trouvé des fossiles de tortues d'eau douce préhistoriques. »

Le roi Perceval demanda à dame Alice :

« Que savez-vous des léviathans, je veux parler de ces gros mammifères marins qui ressemblaient aux lamantins d'aujourd'hui ? »

La princesse Alice répondit au roi Perceval :

« On a retrouvé une de ces grosses créatures sous-marines, qui étaient d'énormes mammifères marins, dans la mer glacée qui s'appelle mer de Beaufort. Plus récemment un de ces léviathans a été retrouvé entre la principauté des Iles d'Emeraude et la principauté d'Alascanie. Un autre léviathan a été retrouvé au large de la petite ville de Granville, et un autre squelette de léviathan dans l'estuaire du Saint-Laurent. »

Ils s'arrêtèrent devant les escargots préhistoriques et dame Alice dit u roi Perceval :

« Ces coquilles d'escargots préhistoriques ont été découvertes il y a cinquante ans, lorsque mon grand-père, le prince Albert-Daniel, demanda qu'on fasse des fouilles dans toute la principauté. C'était un grand amateur de paléontologie et c'est lui qui a ouvert le site préhistorique de Beaumont.

« Le nom de Beaumont vient du fait que cet endroit était vraiment un mont qui est effectivement beau. En fait, le mont est cette colline que l'on voit là-bas, au sud. »

Le roi Perceval demanda à dame Alice :

« Y a-t-il eu des mammouths, ces immenses animaux qui ressemblaient à de grands éléphants ? »

La princesse Alice d'Albertinie répondit :

« Pas ici. Mais sur le site du Lac-de-Saint-Sylvain, par

exemple, il y a un immense mammouth qui est exposé. Ce site est malheureusement trop loin.

« En revanche, il y a un autre site préhistorique qui se trouve près de la petite ville d'Eau-Claire, le site de Rivière-du-Poisson, où l'on peut admirer des mammouths, des rennes, et des hippopotames préhistoriques. Il y a aussi des restes de stégosaures, des tyrannosaures et de brontosaures, et quelques spécimens de tortues préhistoriques. Si vous allez à Eau-Claire, je vous recommande d'aller voir ce site préhistorique exceptionnel. »

La princesse d'Albertinie et le roi Perceval prirent leur repas du soir dans une petite auberge de Beaumont. Puis ils reprirent le chemin du château.

Au retour, sire Perceval alla se coucher et dame Alice trouva son frère, le révérend Eugène-Daniel, vers l'entrée principale.

Sire Eugène-Daniel dit à sa sœur :

« Alors, cette visite du site préhistorique de Beaumont a-t-elle plu à notre roi Perceval ? »

La princesse Alice d'Albertinie répondit à son frère :

« Oui, beaucoup. Et je crois que notre roi Perceval aime beaucoup la paléontologie et la préhistoire. »

Le prince-révérend Eugène-Daniel dit à sa soeur Alice :

« Dans quelques jours, je l'emmènerai dans les abbayes bénédictines anachorétiques de Notre-Dame-du-Lac-des-Pigeons et de Notre-Dame-de-Saint-Delacour. C'est le moment de ma retraite de tertiaire dans les deux abbayes, et il me semble que notre roi Perceval aura beaucoup de plaisir à découvrir la vie anachorétique bénédictine et, aussi, que les moines bénédictins auront du plaisir à faire sa connaissance.

« Dame Alice, je te souhaite une bonne et douce nuit. Fais de beaux rêves. »

CHAPITRE XIV

LE PRINCE REVEREND EUGENE-DANIEL EMMENE LE ROI PERCEVAL DANS LES ABBAYES BENEDICTINES ANACHORETIQUES DE NOTRE-DAME-DU-LAC-DES-PIGEONS ET DE NOTRE-DAME-DE-SAINT-DELACOUR

Deux jours après la visite de la ville de Saint-Albert et du site préhistorique de Beaumont avec la princesse Alice d'Albertinie, le prince-révérend Eugène-Daniel décida d'emmener le roi Perceval à l'abbaye bénédictine anachorétique de NotreDame-du-Lac-des-Pigeons, avant d'aller chez les bénédictins anachorétiques de l'abbaye de Notre-Dame-de-Saint-Delacour près de la petite ville d'Eau-Claire.

Avant midi, le prince Eugène-Daniel présida une petite messe dans la chapelle du château. Puis le révérend Eugène-Daniel, le roi Perceval et dame Alice prirent leur repas.

Eugène-Daniel dit au roi Perceval :

« Sire Perceval, je vais vous emmener à l'abbaye de Notre-Dame-du-Lac-des-Pigeons pour une nuit, puis nous nous rendrons à l'abbaye de Notre-Dame-de-Saint-Delacour où se trouvent les deux séminaires de formation de prêtres chrétiens et israélites.

« Les moines organisent des conférences publiques qui sont tantôt des études bibliques, tantôt des études talmudiques, et ici en Nouvelle-France, nous mettons vraiment l'accent sur l'importance des relations entre les Israélites et les Chrétiens. D'où la création de ces deux séminaires de formation de prêtres chrétiens et israélites, qui reflète l'importance que nous accordons aux relations entre les Israélites et les Chrétiens. Tout cela, bien sûr, avec l'accord de l'évêque, Monseigneur Eric, et du révérend-général israélite, Jacob-Eloïm. Celui-ci habite à Eau-Claire, où se trouve la congrégation israélite des principautés d'Assiniboinie, de Mystiminie et d'Albertinie. Mais je crois que dans un proche avenir, on s'achemine vers une décentralisation, car le révérend-général israélite, qui est l'équivalent de notre évêque, doit parcourir de trop grandes distances pour aller à la rencontre des Israélites qui sont disséminés dans ces trois principautés du centre de la Nouvelle-France. »

Le roi Perceval dit au révérend Eugène-Daniel :

« Je suis vraiment très intéressé de voir l'importance que vous accordez aux relations entre les Israélites et les Chrétiens, ici, en Nouvelle-France. J'ai une forte envie de proposer à chaque abbaye « bénédictine, cistercienne et cartusienne « de la partie ancienne du royaume du Saint-Graal d'accueillir des moines israélites, à commencer par mon abbaye de Mouthier-Royal. N'oublions jamais que Jésus-Christ était israélite.

« Lorsque je rentrerai en Europe, j'irai à Rome voir le pape Joachim pour lui demander de renforcer les relations entre les Israélites et les Chrétiens, afin de faire vivre l'harmonie des relations interreligieuses. Je suis sûr que des relations fortes, amicales et fraternelles entre nos frères israélites et nous seraient une très grande richesse pour notre royaume du Saint-Graal. Ainsi pourrait-on transmettre aux générations futures une civilisation où règneraient l'amitié et la fraternité ».

Ayant terminé leur repas, les sires Eugène-Daniel et Perceval se rendaient à l'écurie du château quand ils virent la princesse Alice d'Albertinie qui leur dit :

« Prenez grand soin de Julien, mon cheval blanc et de mon carrosse et bon voyage chez les moines bénédictins anachorétiques des abbayes de Notre-Dame-du-Lac-des-Pigeons et de Notre-Dame-de-Saint-Delacour.

« Que Dieu vous bénisse. »

Les sires Eugène-Daniel et Perceval prirent une route qui traversait l'immense forêt. Après trois heures de voyage, ils arrivèrent à l'abbaye bénédictine anachorétique de Notre-Dame-du-Lac-des-Pigeons pour les vêpres. Le prince-révérend Eugène-Daniel sonna à la porte du monastère.

Le père abbé Jules-Bernard arriva et dit :

« Bonjour, quelle belle surprise ! Notre ancien élève, le prince Eugène-Daniel, vient nous rendre visite ! Et qui est ce jeune homme ? »

Le prince Eugène-Daniel répondit au père Jules-Bernard :

« Je vous présente sire Perceval. Il est notre roi et il vient de très loin, de France, et plus précisément de Bourgogne. »

Le père Jules-Bernard dit :

« Je suis enchanté de faire votre connaissance, sire Perceval, et combien de temps allez-vous rester avec nous ? »

Sire Eugène-Daniel dit au père abbé Jules-Bernard :

« Nous allons rester juste deux nuits, car je veux aussi emmener notre roi, sire Perceval, dans notre abbaye de Notre-Dame de-Saint-Delacour. »

Le père abbé Jules-Bernard était un homme de taille moyenne, avec des cheveux assez courts et une petite barbe grisonnante. Il était ferme avec les jeunes élèves, mais sans être dur. Il aimait la discipline mais savait être à l'écoute lorsqu'un jeune élève avait des difficultés à respecter la discipline.

Le père abbé Jules-Bernard connaissait très bien la famille princière d'Albertinie.

Il leur dit :

« Je vais maintenant vous expliquer le déroulement de vos trois jours de retraite. Vous savez que nous suivons les règles de la vie érémitique, comme les cartusiens. Chaque moine vit seul dans un ermitage. Mais à la différence des cartusiens, une partie de notre journée est de type cénobitique, comme le travail en commun, les offices et les repas. Quant aux retraitants, eux aussi sont logés dans un ermitage, mais ils partagent leur repas avec nous, selon la règle de saint Benoît. Vous serez logés chacun dans un ermitage, vous prendrez vos repas avec nous et vous participerez aux offices, dans le respect du silence comme nous le demande saint Benoît. »

Le prince révérend Eugène Daniel demanda au père abbé Jules-Bernard :

« Est-ce que je pourrais montrer mon ancienne école fondamentale à notre roi Perceval ? »

Le père abbé Jule-Bernard dit aux deux jeunes sires :

« Malheureusement non. Les élèves sont en vacances estivales et l'école est fermée. »

Le prince révérend Eugène-Daniel dit :

« Je comprends bien. Lorsque nous irons à l'abbaye de Notre-Dame-de-Saint-Delacour, je pense que je pourrai lui montrer le séminaire de prêtres chrétiens et celui de prêtres israélites, car les universités n'ont pas les mêmes vacances estivales que les jeunes élèves des écoles fondamentales. »

Le père abbé Jules-Bernard conduisit le prince-révérend Eugène-Daniel et le roi Perceval dans leurs ermitages et ils purent commencer leur retraite de trois jours.

Ils purent contempler les petits jardins en face de chaque ermitage. Quand l'heure des vêpres sonna, ils se rendirent dans la grande église qui était au milieu des ermitages.

Le prince Eugène-Daniel montra au roi Perceval la synagogue qui était située à côté de l'église et lui dit :

« La synagogue, qui est juste à côté de l'église, est le lieu de culte des moines israélites. Les moines chrétiens participent quelquefois à leur cérémonie, le jour du shabbat. »

Les deux jeunes sires participèrent aux vêpres avec des chants grégoriens. Les chants grégoriens avaient pénétré en Nouvelles-France cinquante ans plus tôt, grâce aux moines cisterciens de l'abbaye de Notre-Dame-du-Lac-des-Deux-Montagnes, les tout premiers moines de Nouvelle-France.

Après l'office des vêpres, les deux jeunes sires se rendirent au réfectoire et prirent un repas composé d'une soupe de légumes et de pommes de terre avec une tranche de pain grillé et une compote de pommes comme dessert. Puis ils se rendirent aux complies avant de regagner leurs ermitages respectifs.

Le lendemain, après le petit déjeuner, le prince-révérend Eugène-Daniel vit le père abbé Jules-Bernard et lui demanda :

« Mon révérend père abbé, pourrions-nous avoir la possibilité de travailler avec les moines, sire Perceval et moi-même ? »

Le révérend père abbé répondit au prince Eugène-Daniel :

« Normalement, les hôtes ne peuvent pas travailler avec les moines. Ils ne peuvent travailler que dans le jardin de leur ermitage. Cependant, comme vous êtes tertiaire de notre abbaye, je vous autorise, ainsi que notre roi Perceval, à travailler avec les moines, à condition de respecter le silence. Vous pourrez travailler avec les moines le matin et travailler dans le jardin de votre ermitage l'après-midi. »

Au dernier jour de leur retraite, le prince Eugène-Daniel déclara au père abbé Jules-Bernard :

« Nous vous remercions de votre accueil. Nous avons eu beaucoup de plaisir à partager votre vie. Que Dieu vous bénisse et bénisse l'avenir de nos jeunes élèves de l'école fondamentale ».

Le père abbé Jules-Bernard leur dit :

« Ce fut un grand plaisir de vous accueillir durant ces jours. Que Dieu vous bénisse et vous accompagne sur la route de notre abbaye-mère de Notre-Dame-de-Saint-Delacour. »

Le prince-révérend Eugène-Daniel et le roi Perceval se remirent en route. Leur voyage jusqu'à l'abbaye de Notre-Dame-de-Saint-Delacour dura une très longue journée. Les deux jeunes sires s'arrêtèrent pour prendre leur repas dans une petite auberge à Saint-Sylvain-du-Lac.

Le roi Perceval n'en revenait pas que presque toute la Nouvelle-France soit recouverte d'une immense forêt.

Le prince Eugène-Daniel lui dit :

« Oui, c'est vrai. On rencontre peu de prairies. La prairie la plus proche de Saint-Albert se trouve au pied des Montagnes Rocheuses, mais cette prairie est tellement petite que ce n'est presque pas une prairie. Il faut faire très attention car on peut très vite se perdre. Et dans cette immense forêt, on peut aussi rencontrer des animaux dangereux comme les ours, les couguars qui sont d'énormes chats sauvages, ou les coyotes. »

Après le repas de midi, le prince Eugène-Daniel et le roi Perceval firent une promenade au bord du lac de Saint-Sylvain.

Voyant des oies sauvages au cou noir, sire Eugène-Daniel dit au roi Perceval :

« Ce sont des bernaches, une espèce d'oie sauvage qui a le cou noir. On peut aussi voir des cygnes noirs. Et ces petits crustacés qui vivent au fond de l'eau, ce sont des écrevisses.

Ah, voilà des truites. Le poisson emblématique de la Nouvelle-France est le saumon. Il y en a beaucoup dans les rivières de la principauté des Montagnes Rocheuses. »

Les deux jeunes sires reprirent la route et atteignirent l'abbaye bénédictine anachorétique de Notre-Dame-de-Saint-Delacour juste après le coucher de soleil.

L'abbaye était située légèrement en dehors de la petite ville de Saint-Delacour, et à une trentaine de kilomètres à l'est de l'autre petite ville d'Eau-Claire. C'était, avec l'abbaye cartusienne de Notre-Dame-du-Nid-de-la-Grouse, le haut lieu des relations israélo-chrétiennes. L'abbaye de Notre-Dame-de-Saint-Delacour abritait cent moines, dont cinquante moines bénédictins israélites, et trois cents séminaristes dont cent-cinquante séminaristes israélites âgés de seize à vingt et un ans. Il y avait deux pères abbés, le père Jean-Raphael et son adjoint le père Jean-Marie-Hubert qui était prieur. Le révérend-prêtre israélite qui dirigeait le séminaire des prêtres israélites de l'abbaye était célèbre pour son érudition et son charisme. Il s'appelait le révérend Zacharie-Eloïm.

Les deux jeunes sires arrivèrent devant le grand portail de l'abbaye et c'est le révérend père abbé adjoint Jean-Marie-Hubert qui vint à leur rencontre.

Il leur dit :

« Bonsoir. Comment allez-vous, sire Eugène-Daniel. C'est une très belle surprise de vous voir ici. Et comment s'appelle ce jeune homme ? »

Le prince Eugène-Daniel lui répondit :

« Il s'appelle sire Perceval, il vient de très loin, de Bourgogne dans la partie ancienne du royaume du Saint-Graal, et il est notre roi. Il fait un très grand voyage à travers toute la Nouvelle-France. »

Le révérend Jean-Marie-Hubert était un homme d'une soixantaine d'années, chauve avec une petite barbe grisonnante. Il était très humain, très ouvert et accueillant, et il aimait beaucoup le prince Eugène-Daniel.

Le révérend père abbé Jean-Marie-Hubert leur expliqua :

« Bien que nous soyons des moines bénédictins et que

nous observions la règle de saint Benoit, nous avons adopté le style de vie que mènent les moines cartusiens grâce au fondateur de notre abbaye qui s'appelait le révérend père abbé Jean-Nicolas Delacour. C'était un moine bénédictin français qui a émigré en Nouvelle-France et qui est venu jusqu'en Albertinie. Il était tellement passionné par la vie anachorétique qu'il a pris la décision d'adopter le genre de vie anachorétique. »

Le roi Perceval demanda au père abbé Jean-Marie-Hubert quand ce père Jean-Nicolas Delacour avait fondé l'abbaye.

Le père abbé lui répondit :

« Il a vécu jusqu'en onze cent quarante-deux, il avait quatre-vingt-deux ans. Il était né en France, dans le duché de Lyon, d'une famille de nobles. Je ne sais plus exactement comment s'appelait son père, mais il était duc d'une petite ville qui s'appelait Saint-Pierre d'Albigny. A seize ans, le jeune Jean-Nicolas-Delacour a voulu entrer directement chez les cartusiens. Durant son noviciat, il a fait des études de théologie et il a prononcé des vœux temporaires à vingt et un ans. Mais il ne se sentait pas appelé à vivre chez les cartusiens, et il préféra aller chez les bénédictins après un bref retour dans le monde et une décision d'émigrer en Nouvelle-France.

« Après sa mort, le prédécesseur de notre pape actuel, le pape Guillaume, l'a canonisé. Depuis lors, notre abbaye s'appelle Notre-Dame-de-Saint-Delacour. Personnellement, j'aurais aimé qu'on la baptise plutôt Notre-Dame-de-Saint-Jean-Nicolas-Delacour. »

Le roi Perceval demanda au père Jean-Marie-Hubert :

« Comment va le révérend père abbé Jean-Raphaël ? »

Le père Jean-Marie-Hubert répondit au roi Perceval :

« Que je suis surpris d'entendre un roi comme vous demander des nouvelles du père Jean-Raphaël que vous ne connaissez pas encore ! Il va bien mais il est tellement occupé avec son ministère de père abbé qu'il a pris quelques vacances dans son ermitage. Il nous a vivement demandé de le laisser tranquille. Vous le verrez peut-être dans quelques jours.

« Au fait, combien de temps pensez-vous rester dans notre

abbaye ? »

Le roi Perceval dit au révérend père abbé :

« Nous resterons une dizaine de jours, le prince Eugène-Daniel et moi-même, car j'ai encore un long chemin jusqu'à Fort-Saint-Jean-Baptiste où m'attend le Prince Nicolas des Iles d'Emeraude.

« Parlez-moi de la vie de vos séminaires de formation de prêtres dont un de formation de prêtres israélites. »

Le révérend père Jean-Marie-Hubert dit au roi Perceval :

« Le révérend père abbé Jean-Nicolas Delacour avait eu l'idée de fonder un séminaire de formation de prêtres chrétiens.

« Par la suite, nous avons fondé un séminaire de formation de prêtres israélites, car le nombre de congrégations israélites avait tellement augmenté qu'il s'est avéré nécessaire de le faire pour leur assurer une bonne formation.

« Notre abbaye a une très grande réputation dans l'enseignement de la théologie, et l'organisation de conférences publiques d'études bibliques et talmudiques. Dans deux jours aura lieu une conférence d'étude biblique, et dans cinq jours une conférence d'étude talmudique.

« Nos deux séminaires de formation restent très actifs pendant les vacances universitaires et vous pourrez les visiter. »

CHAPITRE XV

LE ROI PERCEVAL QUITTE LA PRINCIPAUTE D'ALBERTINIE ET L'ABBAYE BENEDICTINE ANACHORETIQUE DE NOTRE-DAME-DE-SAINT-DELACOUR POUR TRAVERSER LES MONTAGNES ROCHEUSES, AVANT D'ARRIVER A L'ABBAYE CISTERCIENNE DE NOTRE-DAME-DU-LAC-DES-SAUMONS. LE ROI PERCEVAL RENCONTRE LE PRINCE NICOLAS DES ILES D'EMERAUDE POUR LA PREMIERE FOIS ET FAIT SA CONNAISSANCE

Lorsque leur retraite toucha à sa fin, sire Perceval prit congé du prince-révérend Eugène-Daniel. Un des moines-prêtres de l'abbaye, le père Jean-Christol, devait se rendre dans la ville d'Eau-Claire afin de rencontrer Monseigneur Jean-Jacques, évêque auxiliaire d'Albertinie. Sire Perceval profita donc du carrosse de l'abbaye pour rejoindre Eau-Claire en compagnie du père Jean-Christol, un moine âgé d'une soixantaine d'années, professeur de morale et d'histoire des religions à l'abbaye de Notre-Dame-de-Saint-Delacour.

Le roi Perceval et le père Jean-Christol arrivèrent vers midi chez Monseigneur Jean-Jacques qui les accueillit :

« Bonjour, sire, entrez donc. Révérend père Jean-Christol, je suis très heureux de vous revoir. Comment allez-vous et comment va la communauté bénédictine de Notre-Dame-de-Saint-Delacour ? »

Le révérend père Jean-Christol lui répondit :

« Tout le monde se porte très bien. Nous avons eu la grande joie d'accueillir sire Perceval, notre roi, en compagnie du prince-révérend Eugène-Daniel. Je vous le présente. »

Le roi Perceval dit à Monseigneur Jean-Jacques :

« Oui, Monseigneur. Je m'appelle Perceval, roi du Saint-Graal, et je suis en route pour les Iles d'Emeraude où m'attend le prince Nicolas. »

Monseigneur Jean-Jacques dit au roi Perceval :

« Entrez, je vous en prie. Vous êtes mes invités pour le repas de midi, avec le révérend grand prêtre israélite qui s'appelle Eloïm. »

Le grand prêtre israélite Eloïm était à la tête de la congrégation israélite d'Albertinie. Il avait une petite barbe grisonnante et peu de cheveux, et sur la tête il portait une kippa.

Pendant le repas, le roi Perceval raconta sa vie, son début de règne et son voyage en Nouvelle-France. Il parla surtout de l'importance qu'il donnait aux relations entre Israélites et Chrétiens.

« Je suis très favorable à ce que les abbayes monastiques accueillent aussi des moines israélites et je serais même favorable à ce qu'il y ait des frères israélites qui siègent aux synodes des ordres monastiques. Ce qu'a fait la Nouvelle-France dans ce domaine est vraiment extraordinaire. Je souhaiterais, d'ailleurs, que le royaume d'Israël fasse partie du royaume du Saint-Graal. »

Le révérend grand prêtre israélite Eloïm prit la parole :

« Ce que ce jeune roi Perceval vient de dire me touche beaucoup et j'en suis vraiment très ému. »

Le repas terminé, Monseigneur Jean-Jacques prononça une prière d'action de grâce, puis le roi Perceval prit congé de Monseigneur Jean-Jacques, du révérend Jean-Christol et du révérend grand prêtre Eloïm. Il prit la diligence qui partait vers les Montagnes Rocheuses.

Le roi Perceval s'arrêta dans un immense ermitage-relais construit en troncs d'arbre, qui était situé dans un immense parc, au bord d'un lac, le lac Louise. Il put observer des castors, des marmottes de couleur beige, des hiboux qui hululaient la nuit, des écureuils bruns ou noirs. Et il passa la nuit dans une somptueuse chambre d'où il pouvait voir de belles montagnes enneigées éclairées par une belle lune blanche.

Après un bon petit-déjeuner composé de deux tranches de pain grillé avec du beurre et du bon miel et un bol de café, sire Perceval reprit la route. La diligence traversa un col appelé le col de l'Ours, puis la petite ville de Saint-Lardeau. Et elle s'arrêta à l'ermitage-relais des Trois-Vallées, au bord du lac du même nom. Le roi Perceval y passa la nuit, et après un bon petit déjeuner, il repartit en direction de la Cité-des-Saumons.

Sire Perceval demanda alors au cocher :

« Cocher, pourriez-vous me dire où se trouve l'abbaye cistercienne de Notre-Dame-du-Lac-des-Saumons, s'il vous plaît ? »

Le cocher répondit au roi Perceval :

« L'abbaye cistercienne de Notre-Dame-du-Lac-des-Saumons se trouve à trente kilomètres avant la Cité des-Saumons. Je conduis la diligence jusqu'à la Cité-des-Saumons, mais je vous dirai lorsque nous serons à hauteur de l'abbaye. »

Lorsque la diligence s'arrêta devant l'abbaye cistercienne de Notre-Dame-du-Lac-des-Saumons, le roi Perceval sonna à la porte du monastère.

Le révérend père abbé Daniel-Edouard arriva et dit au roi Perceval :

« Bonjour, sire. Soyez le bienvenu dans notre abbaye cistercienne. Le frère David, qui est hôtelier et jardinier et qui est aussi moine israélite, va vous conduire dans votre chambre. Demain samedi, nos frères israélites auront leur cérémonie dans la seconde église du monastère qui sert de synagogue.

« Nous avons un tertiaire très fidèle qui s'appelle sire Nicolas des Iles d'Emeraude. Il nous aide au jardin, à la cuisine et au cellier. Il lit parfois la bible dans nos offices, et nous l'aimons beaucoup car il est très ouvert et comprend l'importance des relations israélo-chrétiennes. Vous le verrez au réfectoire, car il vit avec nous dans la clôture.

« Ici, nous observons la règle de saint Benoît avec une grande souplesse, mais le silence est de rigueur après complies, ainsi qu'au réfectoire et dans l'église. Au travail les moines peuvent parler entre eux mais pas trop fort et pas trop longtemps. »

Le roi Perceval dit au père abbé Daniel-Edouard :

« Je suis très heureux d'être dans votre abbaye. Je m'appelle sire Perceval, roi du Saint-Graal. Je souhaiterais travailler au jardin car, comme dit le Seigneur : *je suis venu pour servir et non pas pour être servi.* »

Le révérend Daniel Edouard répondit au roi Perceval :

« Mais bien sûr, vous pourrez travailler au jardin de l'abbaye. »

Le roi Perceval fut conduit dans sa chambre et passa une bonne nuit. Le lendemain, il se rendit au réfectoire des hôtes, mais le prince Nicolas des Iles d'Emeraude mangeait avec les moines et dormait dans la clôture.

Le roi Perceval commença à travailler au jardin et vit un tout jeune prince aux longs cheveux blonds qui travaillait avec les moines bénédictins.

Un peu plus tard, le révérend père abbé Daniel-Edouard conduisit le roi Perceval au parloir des hôtes et lui dit :

« Sire Perceval, je vous présente sire Nicolas, prince des Iles d'Emeraude. »

Le prince Nicolas des Iles d'Emeraude dit au roi Perceval :

« Sire Perceval, je suis heureux de vous voir. Comme je vous l'ai écrit, j'ai vingt-cinq ans cette année et je suis à la tête de la principauté des Iles d'Emeraude depuis l'âge de vingt-deux ans, car mon père qui s'appelle sire Jean-Nicolas a abdiqué en ma faveur. A la suite de mon couronnement, j'ai fondé la principauté des Iles d'Emeraude mais j'entretiens des relations très étroites avec la principauté de Saint-Nicolas-des-Montagnes-Rocheuses où se trouve le château de mon père Jean-Nicolas.

« J'ai fait mes études fondamentales à l'abbaye bénédictine de Notre-Dame-de-la-Vallée-des-Miracles, et à seize ans j'ai poursuivi des études de théologie à l'abbaye cartusienne de Notre-Dame-du-Nid-de-la-Grouse qui se trouve à l'ouest de la ville de Fort-Saint-Jean-Baptiste. J'ai effectué ma formation de chevalier au château de Saint-Nicolas pendant mes vacances universitaires. J'ai également fait un apprentissage de jardinier à l'abbaye cartusienne de Notre-Dame-du-Nid-de-la-Grouse et au château de mon père, à Saint-Nicolas. En Nouvelle-France, il est très courant de voir les jeunes gens faire l'apprentissage d'un métier parallèlement à leurs études universitaires.

« Mon frère, sire Mathieu, a fait des études de théologie, lui aussi, mais dans un séminaire diocésain voisin de l'université de Granville. Il est tertiaire de l'abbaye cartusienne de Notre-Dame-du-Nid-de-la-Grouse où il a aussi suivi un apprentissage de bûcheron.

« Après ma retraite qui dure encore trois semaines ici, je vous emmènerai à mon château natal de Saint-Nicolas où je vous présenterai à ma famille. Nous nous rendrons ensuite à l'abbaye bénédictine de Notre-Dame-de-la-Vallée-des-Miracles. Puis nous irons à Granville rendre visite à Monseigneur Burrard.

« Après quoi, je vous ferai découvrir mon château de Fort-Saint-Jean-Baptiste, et aussi l'abbaye cartusienne de Notre-Dame-du-Nid-de-la-Grouse.

« Si vous permettez, sire Perceval, ayant tous les deux le même âge, peut-être pourrions-nous nous tutoyer ? »

Le roi Perceval dit au prince Nicolas des Iles d'Emeraude :

« Je suis tout à fait d'accord, sire Nicolas. Et je vais me présenter à mon tour. Je suis Perceval, roi du royaume du Saint-Graal qui a maintenant deux ans d'existence. J'ai fait mes études fondamentales à l'abbaye bénédictine de Mouthier-Royal, en Bretagne. A seize ans j'ai fait ma formation de chevalier à la cour du roi Arthur, et parallèlement j'ai poursuivi des études de théologie à l'université d'Oxford. A l'âge de vingt et un ans, j'ai été adoubé chevalier, et comme c'est la coutume, j'ai effectué, après mon adoubement, une retraite à l'abbaye bénédictine de Westminster. Là j'ai fait un rêve dans lequel Dieu me demandait d'aller en Israël arrêter ces calamités de croisades. Après en avoir parlé au roi Arthur, je suis allé en Israël et j'ai mis un terme aux croisades. J'ai ensuite participé à une conférence de paix internationale et interreligieuse qui a abouti à la signature d'un traité que j'ai remis au pape Joachim à mon retour. Et au mois de juin de l'an de grâce onze cent quatre-vingt-dix, à la fin d'une retraite chez les moines cisterciens de Clairvaux, j'ai visité une petite chapelle attenante au monastère dans laquelle j'avais repéré une porte mystérieuse. J'ai ouvert cette porte mystérieuse qui m'a conduit dans un long couloir sombre, mais que j'ai éclairé avec une des citrines photoluminescentes de mon carrosse. Au bout de ce long couloir, je suis arrivé dans une immense salle octogonale et là, j'ai découvert le Saint-Graal qui brillait de tous ses feux. Dans cette salle, il y avait un escalier. Je suis monté et j'ai découvert un immense château désert mais très beau et très bien entretenu. C'était le château de la Forêt Mystérieuse. J'ai informé le roi Arthur de la découverte du Saint-Graal, et il a décidé de créer un tout nouveau royaume. Il a aussi pris la décision d'abdiquer et de me couronner roi du nouveau royaume du Saint-Graal. J'ai prononcé mon premier discours du trône en octobre de l'an de grâce onze cent quatre-vingt-dix. Et après être devenu tertiaire de l'abbaye de Mouthier-Royal, je suis venu en Nouvelle-France afin de répondre à ton invitation. »

Le prince Nicolas demanda au roi Perceval de lui raconter son voyage en Nouvelle-France. Le roi Perceval raconta :

« J'ai traversé l'océan atlantique avec mon frère, l'amiral Christian, qui m'a conduit jusqu'à Mont-Royal. Puis j'ai traversé la Nouvelle-France en rencontrant d'abord la princesse Mirabel, puis le prince Gabriel d'Assiniboinie et plus récemment la princesse Alice d'Albertinie et son frère le prince-révérend Eugène-Daniel. Grâce à eux, j'ai découvert l'existence des moines bénédictins anachorétiques de Notre-Dame-de-Saint-Delacour. .Et enfin je suis arrivé ici, à ta rencontre. »

Le roi Perceval et le prince Nicolas des Iles d'Emeraude entendirent sonner les cloches et se rendirent à l'office des vêpres.

Après les vêpres, le prince Nicolas des Iles d'Emeraude alla trouver le révérend père abbé Daniel-Edouard à qui il demanda :

« Mon révérend père, je souhaiterais vous demander si notre roi du Saint-Graal, sire Perceval, pourrait lui aussi séjourner en clôture ? »

Le révérend père abbé Daniel-Edouard répondit au prince Nicolas des Iles d'Emeraude :

« Votre requête, sire Nicolas des Iles d'Emeraude, doit être avalisée par la communauté des moines, mais pour ce qui me concerne, je serais tout à fait d'accord d'accueillir notre roi du Saint-Graal dans la clôture. »

Deux jours plus tard, l'abbé Daniel-Edouard dit au prince Nicolas des Iles d'Emeraude :

« J'ai une très bonne nouvelle à vous annoncer, sire Nicolas. Notre roi, sire Perceval, peut venir séjourner dans la clôture à condition, bien sûr, de respecter le silence aux repas, après les complies et dans l'église. »

Le roi Perceval travailla dans le grand jardin avec les moines et le prince Nicolas pendant un mois.

Leur retraite terminée, le roi Perceval et le prince Nicolas s'apprêtèrent à quitter l'abbaye cistercienne de Notre-Dame-du-Lac-des-Saumons.

Le roi Perceval dit au père abbé :

« Révérend père abbé Daniel-Edouard, je vous remercie de m'avoir présenté le prince Nicolas des Iles d'Emeraude et de m'avoir permis de travailler avec votre communauté dans votre clôture. Que Dieu vous bénisse tous. »

Le prince Nicolas des Iles d'Emeraude alla préparer son carrosse et son cheval blanc qui s'appelle Cyrius.

Le prince Nicolas dit au roi Perceval :

« Maintenant, nous allons au château de mon père, le prince Jean-Nicolas. Nous en avons pour un ou deux jours de voyage. »

Ils empruntèrent la grande route qui mène à Granville et s'arrêtèrent dans une petite ville, la Cité-des-Caribous, au pied de deux collines, l'une au sud, l'autre au nord, et traversée par la rivière de la Tranquillité.

Ils prirent leur repas dans une petite auberge de la ville et repartirent en direction de Saint-Nicolas-du-Lac, capitale de la principauté de Saint-Nicolas-des-Montagnes-Rocheuses. Ils traversèrent de belles forêts très épaisses dans une longue vallée qui allait de la Cité-des-Caribous à Granville, qui était située au bord de la Mer.

Le prince Nicolas remarqua un castor et dit au roi

Perceval :

« Sire Perceval, regarde ce bel animal qui aime nager dans l'eau et qui nage très vite. C'est un castor. Les castors aiment beaucoup les petits fruits rouges comme les fraises ou les framboises. »

Le roi Perceval dit au prince Nicolas :

« C'est vraiment extraordinaire de voir à quel point la nature est belle dans cette partie nouvelle du royaume du Saint-Graal ! »

Les deux jeunes sires s'arrêtèrent pour goûter dans un ermitage-relais qui se trouvait à une heure et demie de la petite ville de Saint-Nicolas-Du-Lac.

Après avoir pris une tranche de pain, une pomme et un bol de thé à la menthe, ils se remirent en route.

CHAPITRE XVI

LE PRINCE NICOLAS ET LE ROI PERCEVAL ARRIVENT AU CHATEAU DU PRINCE JEAN-NICOLAS, LE PERE DE NICOLAS DES ILES D'EMERAUDE

Le roi Perceval et le prince Nicolas des Iles d'Emeraude arrivèrent vers la fin de la journée au château du prince Jean-Nicolas et de la princesse Suzanne.

Le prince Nicolas des Iles d'Emeraude sonna à la porte et c'est son frère Mathieu qui vint ouvrir la porte.

Le prince Nicolas dit à son frère :

« Sire Mathieu, je te présente le roi du Saint-Graal. Il s'appelle sire Perceval. »

Le roi Perceval dit à sire Mathieu :

« Je suis enchanté de faire votre connaissance, sire Mathieu. »

Le révérend sire Mathieu répondit au roi Perceval :

« Et moi aussi, sire Perceval. Je suis prêtre. J'ai trente-quatre ans dont dix ans de ministère. J'ai fait mes études fondamentales à l'abbaye de Notre-Dame-de-la-Vallée-des-Miracles avec le père abbé Burrard qui était le supérieur de cette abbaye. Depuis, il est devenu évêque de Granville et il est responsable du diocèse de la principauté de Saint-Nicolas-des-Montagnes-Rocheuses. J'ai ensuite fait mes études de théologie, comme sire Nicolas, à l'abbaye cartusienne de Notre-Dame-du-Nid-de-la-Grouse où je suis devenu tertiaire. J'ai aussi fait un apprentissage de bûcheron chez les moines cartusiens, en même temps que ma formation de chevalier à la cour du prince Jean-Nicolas. »

Le roi Perceval fut convié au repas de famille du prince Nicolas des Iles d'Emeraude où il raconta ses aventures et ses premiers mois de règne.

Le prince Mathieu avait les cheveux longs, et il n'avait pas de barbe, contrairement à son père, le prince Jean-Nicolas.

La princesse Suzanne était une femme de taille moyenne avec des cheveux blonds, et elle avait soixante-trois ans.

Le prince Sébastien, âgé de trente-cinq ans, était clerc au château de Saint-Nicolas. Il avait fait ses études dans une abbaye bénédictine au sud de la ville d'Eau-Claire, l'abbaye de Notre-Dame-de-la-Rivière implantée dans la ville de Sainte-Claire. Il avait ensuite fait son apprentissage de chevalier à la cour de son père, conjointement à ses humanités à l'université de Saint-Albert. Il était tertiaire de l'abbaye cartusienne Notre-Dame-du-Fond-du-Lac, dans la ville de Fond-du-Lac, qui était située dans la principauté d'Athabascanie, au nord de l'Albertinie.

Durant le repas du soir, le prince Jean-Nicolas déclara :

« Nous somme très heureux d'accueillir le roi du Saint-Graal, sire Perceval, qui est venu de très loin nous rendre visite. Nous sommes fiers que le prince Nicolas des Iles d'Emeraude l'ait invité dans son château et ait eu l'idée de nous le présenter ici, à Saint-Nicolas-du-Lac. »

Le prince Jean-Nicolas était un homme de grande taille avec une barbe grisonnante et très légèrement chauve. Il avait été prince régnant jusqu'à la majorité du prince Nicolas.

La princesse Suzanne dit à son tour à table :

« C'est un immense honneur de recevoir notre roi du Saint-Graal, qui nous a fait entrer dans une ère nouvelle après avoir les croisades. »

Le roi Perceval dit alors :

« Oui, nous avons quitté cette terrible époque des années sombres du Moyen-âge, grâce à Dieu. Et nos frères israélites peuvent maintenant vivre en paix et j'ai envie de voir le royaume d'Israël intégrer le royaume du Saint-Graal. Oui, j'y suis très favorable. »

Le prince Nicolas dit à tout le monde :

« Je pense aussi qu'Israël devrait faire partie du royaume du Saint-Graal, car les habitants de toutes les principautés et tous les duchés du royaume du Saint-Graal, en particulier les Israélites de Nouvelle-France, seraient très heureux de voir la patrie de Notre Seigneur Jésus-Christ dans le royaume du Saint-Graal.

« Je ne crois pas que les Israélites aient voulu faire mourir le Christ sur la croix. Au séminaire de théologie de l'abbaye cartusienne de Notre-Dame-du-Nid-de-la-Grouse, il y avait un moine qui pensait, lui aussi, que le peuple israélite n'avait pas voulu faire mourir le Christ. Il pensait que seuls quelques Israélites le voulaient. La crucifixion était une abominable méthode d'exécution.

« Même un criminel ne mérite pas d'être exécuté par crucifixion. Heureusement que la peine de mort a disparu de notre civilisation occidentale. »

Le repas prit fin et le roi Perceval fut conduit dans sa chambre qui donnait sur le lac de Saint-Nicolas et sur la montagne qui se dressait derrière le lac. Cette chambre était très grande, avec un lit en baldaquin aux draps de couleur émeraude avec des feuilles d'érable dorées. Il y avait une table avec une pierre photoluminescente jaune citrine posée sur un porte-pierre.

Dans le parc du château du prince Jean-Nicolas, il y avait plusieurs candélabres avec des aigues-marine foncées qui donnaient une lumière bleue azur. En Nouvelle-France les villes étaient éclairées avec des grenats, des péridots qui donnaient une lumière verdâtre, ou des aigues-marines foncées, et parfois des pépites de cuivre photoluminescente comme à Sainte-Boniface ou Mont-Royal ou Eau-Claire. A Mont-Royal, il y avait un phare qui abritait une énorme pépite de cuivre

Après une bonne nuit, le roi Perceval descendit pour le petit déjeuner.

Le prince Nicolas des Iles d'Emeraude vit le roi Perceval descendre le grand escalier du château et dit :

« Sire Perceval, as-tu bien dormi ? »

Le roi Perceval lui répondit :

« Oui j'ai très bien dormi et avant de m'endormir, j'ai pu observer un très beau ciel étoilé avec la voie lactée, et j'ai même vu la planète Jupiter. »

Pendant le petit déjeuner, le prince Nicolas dit à sa famille :

« Ce matin, j'emmènerai notre roi visiter Saint-Nicolas-du-Lac. Si cela vous dit, vous pourriez venir avec nous. »

Après la visite de la ville, sire Nicolas, sa famille et le roi Perceval se rendirent à l'église du château pour assister à la messe dite par sire Mathieu. Puis ils se retrouvèrent dans la grande salle à manger pour le repas de midi.

Le prince-révérend Mathieu prit la parole :

« Je suis très heureux que notre roi du Saint-Graal ait répondu à l'invitation de sire Nicolas et qu'il ait fait ce long voyage pour venir découvrir la Nouvelle-France, car les principautés de la Nouvelle-France attendaient sa visite.

« J'espère qu'il restera avec nous pendant un certain temps et je suis d'accord avec lui pour que le royaume du Saint-Graal accueille le royaume d'Israël. »

Le roi Perceval dit alors :

« Je ferai tout mon possible pour que le royaume du Saint-Graal accueille le royaume d'Israël. J'inclurai l'admission du royaume d'Israël dans le royaume du Saint-Graal dans de mon prochain discours du trône.

« J'expliquerai aussi le projet de fouilles paléontologiques et archéologiques dans la partie ancienne du royaume, car il me paraît nécessaire que les jeunes générations connaissent les richesses que nous a léguées la préhistoire.

« Ce soir, si vous le voulez bien, j'aimerais découvrir les lumières de Saint-Nicolas après le coucher du soleil. »

Aussitôt, le prince Nicolas des Iles d'Emeraude dit :

« Mais bien sûr. Si notre roi Perceval désire voir Saint-Nicolas la nuit, je l'emmènerai volontiers. »

Le soir venu, le prince Nicolas emmena le roi Perceval voir la petite ville de Saint-Nicolas. Le roi Perceval fut fasciné par les grands candélabres avec des pépites de cuivre photoluminescentes qui donnaient une belle couleur rose-orangé.

Le prince Nicolas dit au roi Perceval :

« Tu vois sire Perceval, ce sont des pépites de cuivre photoluminescentes qui brillent dans ces candélabres. En

Nouvelle-France, on utilise beaucoup les pépites de cuivre pour éclairer les villes. Beaucoup moins dans les châteaux et les maisons, mais je suis d'accord que c'est une belle couleur. «

Plus loin, le prince Nicolas montra la petite cathédrale qui était éclairée par des citrines photoluminescentes.

Le prince Nicolas dit au roi Perceval :

« C'est la cathédrale de Saint-Nicolas. Quelquefois, sire Mathieu y célèbre la messe. C'est là qu'il a été ordonné prêtre, et qu'il a fait sa confirmation à l'âge de seize ans. »

Ils traversèrent le parc de la ville, éclairé par des péridots photoluminescents, avant de regagner le château de Saint-Nicolas-du-Lac.

CHAPITRE XVII

LE PRINCE NICOLAS DES ILES D'EMERAUDE EMMENE LE ROI PERCEVAL A GRANVILLE ET SE REND A L'ABBAYE BENEDICTINE DE NOTRE-DAME-DE-LA-VALLEE-DES-MIRACLES

Ayant remercié les parents du jeune prince Nicolas, le roi Perceval quitta le château avec le prince Nicolas des Iles d'Emeraude.

Ils se rendirent d'abord à l'abbaye bénédictine de Notre-Dame-de-la-Vallée-des-Miracles. Le voyage dura deux jours. Ils s'arrêtèrent pour la nuit dans l'auberge d'une petite ville appelée Espérance-sur-Simon où les deux jeunes sires prirent leur repas qui était composé d'une soupe à la tomate, d'une tranche de pain grillé et d'une tarte aux pommes. Ils y passèrent la nuit et, après le petit déjeuner, ils quittèrent Espérance-sur-Simon et arrivèrent vers midi à l'abbaye de Notre-Dame-de-la-Vallée-des-Miracles.

Ils furent accueillis par le père abbé Constentin qui connaissait très bien le prince Nicolas. Il avait soixante ans. Il était de taille moyenne et il avait des cheveux blancs très courts et une grande barbe blanche.

Le prince Nicolas dit au père Constentin :

« Bonjour mon révérend père Constantin, je vous présente sire Perceval, qui est notre roi. Il vient de très loin, de France, en Europe qui est la partie ancienne du royaume du Saint-Graal. »

Le révérend père abbé Constantin dit au roi Perceval :

« Je suis enchanté de faire votre connaissance, sire Perceval, et je suis heureux qu'un roi, un jeune roi qui est maintenant notre roi vienne de si loin pour nous rendre visite. J'espère que le jeune roi que vous êtes ouvrira des perspectives de rapprochement entre l'ancienne et la nouvelle partie du royaume du Saint-Graal.

« Comme vous le savez sûrement, nous avons aussi accueilli de nombreux Israélites en Nouvelle-France au temps des croisades. Vous aurez l'occasion de rencontrer le grand prêtre Zacharie, responsable de la communauté israélite de la principauté de Saint-Nicolas-des-Montagnes-Rocheuses. Il est tertiaire dans notre abbaye et est actuellement en séjour chez nous. »

Le roi Perceval demanda à rester quelques jours à l'abbaye bénédictine de Notre-Dame-de-la-Vallée-des-Miracles, ce que le père Constentin accepta. Le prince Nicolas et le roi Perceval purent travailler au jardin et au moulin.

Pendant le repas pris au réfectoire en présence du grand prêtre israélite Zacharie, le père abbé Constentin permit exceptionnellement aux moines de parler avec le révérend grand prêtre israélite.

Le révérend Zacharie prit la parole :

« C'est un honneur pour moi de venir passer quelques jours avec vous et votre communauté. Je me réjouis de faire votre connaissance et de parler avec chacun d'entre vous. »

Le prince Nicolas des Iles d'Emeraude se présenta et présenta le roi Perceval :

« Je vous présente sire Perceval qui est notre roi. C'est lui qui a mis fin aux croisades et qui a retrouvé le Vase sacré qui a donné son nom à notre royaume du Saint-Graal. »

Le révérend grand prêtre Zacharie dit au roi Perceval :

« Je suis très heureux de faire votre connaissance et je suis heureux que vous ayez mis fin à ces terribles croisades. Grâce à vous, les Israélites peuvent enfin vivre en paix. »

Le roi Perceval lui répondit :

« Je suis très heureux que les croisades soient terminées et que nous ayons retrouvé le Vase sacré. Je suis favorable à l'intégration du royaume d'Israël dans le royaume du Saint-Graal et j'en ferai part dans mon prochain discours du trône, lorsque je serai rentré à Clairvaux dans mon grand château de la Forêt Mystérieuse. »

Le prince Nicolas des Iles d'Emeraude dit :

« Je pense aussi que le royaume d'Israël a sa place dans le royaume du Saint-Graal. J'appuierai donc le roi Perceval et je suis certain que les Israélites y seront eux-mêmes favorables.

Et nous ne devons jamais oublier que le royaume d'Israël est la patrie natale de Notre Seigneur Jésus-Christ. »

Le révérend grand prêtre israélite Zacharie déclara :

« Je suis vraiment touché que ce tout jeune roi Perceval ait la volonté de faire entrer le royaume d'Israël dans le royaume du Saint-Graal. Sire Perceval, vous avez aussi mon soutien, car moi je suis très favorable à ce que le royaume d'Israël entre dans le royaume du Saint-Graal. »

Quelques jours plus tard, le prince Nicolas des Iles d'Emeraude et le roi Perceval partirent voir Monseigneur Burrard, dans le petit duché de Granville.

CHAPITRE XVIII

LE ROI PERCEVAL ET LE PRINCE NICOLAS DES ILES D'EMERAUDE ARRIVENT CHEZ MONSEIGNEUR BURRARD, EVEQUE DE GRANVILLE, ET RENDENT VISITE A DARNE LYNNE, DUCHESSE DE GRANVILLE

Le roi Perceval et le prince Nicolas des Iles d'Emeraude arrivèrent à Granville, ravissante petite ville bordée d'une immense forêt et située en bord de mer. En face, on apercevait les montagnes des Iles d'Emeraude.

Le prince Nicolas frappa à la porte de la résidence épiscopale située à côté de la cathédrale de Granville.

Monseigneur Burrard était un homme de taille moyenne avec une grosse barbe grisonnante et des cheveux gris assez courts. Il accueillit chaleureusement les deux jeunes sires :

« Bonjour, sires, je vous accueille au nom du Père, du Fils et du Saint-Esprit. Comment vous appelez-vous, sires ? »

Le roi Perceval dit à Monseigneur Burrard :

« Je m'appelle sire Perceval et je suis le roi du Saint-Graal, le nouveau royaume créé par le roi Arthur à la suite de la découverte du Vase sacré qui s'appelle aussi le Saint-Graal. »

Le prince Nicolas des Iles d'Emeraude se présenta à son tour :

« Je m'appelle sire Nicolas des Iles d'Emeraude, sur lesquelles je règne depuis l'an de grâce onze cent quatre-vingt-huit. Comment va dame Lynne, duchesse de Granville ? »

Monseigneur Burrard répondit au prince Nicolas :

« Dame Lynne va très bien et je suis touché qu'un jeune prince comme vous prenne de ses nouvelles. Je pense qu'elle n'est pas dans son château en ce moment, car elle est allée voir sa cousine, au nord de la principauté d'Albertinie, dans la principauté d'Athabascanie. »

Monseigneur Burrard les invita à partager son repas de midi après la messe de onze heures. .

Pendant le repas de midi, le roi Perceval raconta à Monseigneur Burrard comment il avait fait cesser les croisades et découvert le Vase sacré.

Monseigneur Burrard lui demanda :

« Et comment se sont passés les premiers mois de votre règne ? »

Le roi Perceval répondit à Monseigneur Burrard :

« Très bien. J'ai reçu la visite du pharaon Ossyrius, le tout jeune roi d'Egypte. Je suis ensuite allé faire une conférence à l'université de Lyon, après quoi j'ai effectué mon noviciat à l'abbaye bénédictine de Mouthier-Royal »

Monseigneur Burrard demanda à sire Perceval :

« Comment s'est déroulé votre voyage jusqu'en Nouvelle-France ? Et comment avez-vous traversé cet immense pays ? J'imagine que vous êtes en route depuis des mois ! »

Le roi Perceval répondit :

« C'est mon frère, sire Christian, amiral de la flotte du royaume du Saint-Graal, qui m'a emmené jusqu'à Mont-Royal sur sa caravelle. Une fois à Mont-Royal, j'ai rendu visite à dame Mirabel, vice-reine de Nouvelle-France. Puis j'ai poursuivi ma route en diligence. J'ai fait une halte chez le prince Gabriel d'Assiniboinie qui m'a fait découvrir un très grand site paléontologique à Deloraine.

« J'ai ensuite fait étape à Saint-Albert, chez la princesse Alice d'Albertinie. Son frère m'a fait découvrir deux abbayes bénédictines anachorétiques. C'est à l'abbaye de Notre-Dame-du-Lac-des-Pigeons que j'ai retrouvé le prince Nicolas dont je suis venu fêter le vingt-cinquième anniversaire, à son invitation. »

Le prince Nicolas des Iles d'Emeraude prit la parole :

« Dans quelques jours, notre roi Perceval découvrira la principauté des Iles d'Emeraude ».

Après le repas, les deux jeunes sires allèrent se promener dans la ravissante ville de Granville, qui sentait la mer. Le château de la duchesse était un très beau château. Il se trouvait à l'orée de la forêt de Granville, qui avait la forme de la tête d'un canard.

Malgré ce que leur avait dit Monseigneur Burrard, ils décidèrent de se rendre chez dame Lynne.

Dame Lynne, duchesse de Granville, était de retour de son voyage vers la principauté d'Athabascanie et elle leur ouvrit la porte de son château.

C'était une jeune femme de vingt-cinq ans avec de longs cheveux blonds et de taille moyenne. Elle avait étudié la théologie dans une abbaye bénédictine située en Alascanie, l'abbaye bénédictine de Notre-Dame-du-Nord.

Dame Lynne connaissait très bien le prince Nicolas. Elle accueillit les deux jeunes sires :

« Bonjour sires, entrez et soyez les bienvenus dans mon château. Mais je vous connais ! Vous êtes le prince des Iles d'Emeraude, sire Nicolas. Je me souviens, maintenant ! Je vous ai connu lorsque je faisais mes études de théologie car je venais quelquefois à l'abbaye de Notre-Dame-de-la-Grouse, tant il faisait froid à l'abbaye de Notre-Dame-du-Nord. Et ce jeune sire, comment s'appelle-t-il ? »

Le prince Nicolas répondit à dame Lynne :

« Il s'appelle sire Perceval et il est notre roi. C'est lui qui règne sur le nouveau royaume du Saint-Graal. »

Le roi Perceval se présenta à son tour :

« Oui, je suis le roi du Saint-Graal depuis deux ans. »

Dame Lynne lui dit :

« Je vois, et je vous admire sire Perceval, d'avoir eu le courage de mettre fin à ces croisades de sinistre mémoire et d'avoir retrouvé ce Vase sacré que l'on recherchait depuis tant d'années. Et comment se fait-il que vous voilà en Nouvelle-France maintenant ? »

Le roi Perceval répondit à dame Lynne :

« Je suis venu en Nouvelle-France pour l'anniversaire du prince Nicolas des Iles d'Emeraude. C'est une grande joie pour moi de découvrir cette partie du royaume du Saint-Graal. Et je crois qu'il est normal que les habitants de Nouvelle-France reçoivent la visite de leur roi.

« Je suis venu à bord de la caravelle de mon frère Christian, qui est amiral de la flotte du royaume du Saint-Graal. J'ai rendu visite à dame Mirabel, vice-reine de Nouvelle-France, puis au prince Gabriel d'Assiniboinie qui m'a fait visiter le site paléontologique de Deloraine, et à dame Alice d'Albertinie. »

Dame Lynne se présenta à son tour :

« Granville est un duché. Mes parents se sont retirés dans un petit ermitage qui se trouve sur l'île du Fer-à-Cheval, tout près d'un site paléontologique qui abrite le squelette d'une super tortue de mer d'environ dix mètres de long.

« Mes parents s'appellent sire Thimothée et dame Simone. J'ai deux frères. Sire Michel, qui a trente ans, vit en Athabascanie où il est chevalier à la cour du tout jeune prince Alexandre. Le révérend Pascal, moine-prêtre à l'abbaye de Notre-Dame-du-Nid-de-la-Grouse, est professeur de théologie et de patristique.

« Sire Perceval, pourriez-vous me raconter ce que l'on sait de ce Perceval le Gallois, qui portait le même nom que vous ? »

Le roi Perceval reprit la parole et dit à dame Lynne :

« Je pense que personne ne sait vraiment ce qu'il est devenu. Personne ne sait où il pourrait avoir vécu après l'échec des chevaliers de la Table ronde.

« Ce que l'on sait, c'est que c'était un garçon rustre et froid. Comme beaucoup de gens au sixième siècle, il était complètement ignorant au niveau de l'église et de la foi chrétienne.

« Il était de naissance noble mais sa mère l'avait élevé dans un manoir très isolé et il n'était jamais allé à l'école. J'ignore s'il avait un précepteur, un professeur ou un savant qui venait dans le manoir de sa mère pour l'instruire ».

Dame Lynne demanda des nouvelles du roi Arthur et sire Perceval lui répondit :

« Il est redevenu tertiaire de l'abbaye bénédictine de Glastonbury. Au sixième siècle, il avait demandé à être dans le tiers-ordre de l'abbaye bénédictine de Glastonbury, mais après sa sieste longue de six siècles dans une grotte magique, les moines de Glastonbury ne l'ont pas reconnu et lui ont demandé de refaire son noviciat.

« Racontez-moi comment on a découvert ce spécimen de tortue géante préhistorique qui a conduit à la création du site paléontologique de l'île du Fer-à-Cheval. »

Dame Lynne répondit au roi Perceval :

« Ce squelette de tortue géante a été découvert en l'an de grâce onze cent cinquante-deux par des professeurs d'histoire qui enseignaient à l'université de Granville. C'étaient des moines-prêtres bénédictins venus directement de France.

« L'université de Granville est une copie de l'université d'Oxford. Elle comporte une faculté de théologie et un séminaire diocésain. Elle se trouve au bout de la péninsule et par beau temps, on voit le clocher de l'église de l'université. Si vous voulez, nous pouvons nous rendre chez mes parents, dans notre petit ermitage de l'île du Fer-à-Cheval. J'ai un bateau qui est amarré dans le petit port. »

C'est ce qu'ils firent. Le roi Perceval aperçut un autre château et demanda à qui il appartenait. Dame Lynne expliqua :

« C'est mon deuxième château qui me sert d'ermitage. Le château dans lequel je vous ai reçus me sert de lieu de travail. Les Granvilliens peuvent venir m'y rencontrer, et c'est aussi un lieu de réunion officielle. Tandis que le château que vous voyez là et qui se trouve au bord du lac du Lagon-Perdu est strictement privé. »

Le petit navire de dame Lynne passa entre la forêt de Granville et le bas de la Montagne-de-la-Grouse par la mer puis longea la côte sud de la principauté de la Côte-Ensoleillée.

Ils arrivèrent vers quatre heures de l'après-midi au port de l'île du Fer-à-Cheval. Les parents de dame Lynne virent le petit navire arriver et allèrent à la rencontre de leur fille.

Sire Thimothée dit à sa fille :

« Bonjour, quelle surprise et quel bonheur de te voir, dame Lynne. Qui sont ces deux jeunes gens ? »

Dame Lynne répondit à Sire Thimothée :

« Père, je vous présente sire Nicolas des Iles d'Emeraude et sire Perceval, roi du royaume du Saint-Graal, notre immense royaume. »

Dame Simone dit à son tour à dame Lynne :

« Je suis très heureuse de te revoir ma fille. Comment vas-tu et comment va le duché de Granville ? »

Dame Lynne répondit à dame Simone :

« Je vais très bien, mère, et le duché de Granville aussi. Demain, je montrerai le site paléontologique de l'île du Fer-à-Cheval au roi Perceval et au prince Nicolas. Nous passerons la nuit avec vous. »

Pendant le repas du soir, sire Thimothée expliqua :

« L'île du Fer-à-Cheval appartient au duché de Granville en raison du site paléontologique qui s'y trouve. Il est très important que le duché de Granville dispose d'un site paléontologique pour que les étudiants de l'université de Granville puissent le découvrir et que les professeurs de paléontologie puissent y faire leur cours.

« Les Montagnes que vous voyez à l'ouest appartiennent à la principauté de la Côte-Ensoleillée qui est gouvernée par un tout jeune prince, sire Joël-Alexandre, qui a accédé au trône l'an dernier. »

Après le repas du soir, composé de saumon avec un bol de riz et d'une tarte aux raisinet, les deux jeunes sires furent conduits chacun dans une chambre de l'ermitage, qui était une maison faite de grosses pierres et de troncs d'arbre.

Après une bonne nuit de sommeil et un petit déjeuner pris avec la famille de la duchesse de Granville, les sires Perceval et Nicolas remercièrent les parents de dame Lynne pour leur accueil.

Puis dame Lynne les emmena sur le site paléontologique de l'île du Fer-à-Cheval. Elle leur expliqua :

« Comme vous pouvez le voir, il s'agit d'un spécimen de tortue préhistorique géante. En naviguant autour de l'île, les moines-professeurs de l'université de Granville ont découvert ces ossements de tortue géante. Cette tortue préhistorique a entre cinq cent mille ans et un million d'années.

« Dans un autre site, qui se trouve dans l'île nord des îles d'Emeraude, l'île aux Léviathans, on a découvert un mammifère marin préhistorique de plusieurs dizaines de mètres de long et qui est l'ancêtre du lamantin.

« La Nouvelle-France est très riche en sites paléontologique, et le site paléontologique de Deloraine est le plus connu. »

Le roi Perceval dit à dame Lynne :

« Oui, le site paléontologique de Deloraine est très connu, et c'est grâce au prince Gabriel d'Assiniboinie que j'ai découvert la paléontologie. Lorsque je rentrerai en France, je prononcerai un nouveau discours du trône dans lequel je demanderai que l'on procède à des fouilles paléontologiques dans toute la partie ancienne du royaume du Saint-Graal. »

Après la visite du site paléontologique, dame Lynne et les sires Nicolas et Perceval reprirent le petit navire de dame Lynne en direction de Granville.

Le roi Perceval dit à dame Lynne :

« Je vous remercie de nous avoir amenés à l'île du Fer-à-Cheval et de m'avoir fait découvrir l'existence de tortues géantes préhistoriques. »

CHAPITRE XIX

LE ROI PERCEVAL ET LE PRINCE NICOLAS QUITTENT GRANVILLE ET ARRIVENT A FORT-SAINT-JEAN-BAPTISTE AU CHATEAU DU PRINCE NICOLAS DES ILES D'EMERAUDE

Le prince Nicolas et le roi Perceval embarquèrent pour les Iles d'Emeraude vers le milieu de l'après-midi. Le prince Nicolas avait écrit à son frère, le prince Gille, qui était son amiral. Ils s'étaient donné rendez-vous vers la cathédrale de Granville. A cet instant, le carillon de la cathédrale se mit à sonner. Il était composé de nombreuses cloches et cymbales. Sire Perceval fut émerveillé car c'était la première fois qu'il entendait un carillon. Le prince Nicolas vit arriver son frère l'amiral Gille. Il était venu avec sa caravelle *Prince des Iles d'Emeraude* dans le port de Granville.

Le prince Nicolas dit à son frère, sire Gille :

« Bonjour, je suis très heureux de te voir, sire Gille ! Comment vas-tu et comment as-tu voyagé ? N'y a-t-il pas eu trop de vagues ? »

L'amiral Gille répondit à son frère :

« Je vais très bien, la mer a été très calme et j'ai fait une belle traversée depuis Fort-Saint-Jean-Baptiste. »

Le prince Nicolas présenta le roi Perceval à sire Gilles :

« Je te présente sire Perceval, notre roi. Il vient de France, en Europe, dans la partie ancienne du royaume du Saint-Graal. Je l'ai invité pour mon anniversaire qui aura bientôt lieu dans mon château à Fort-Saint-Jean-Baptiste. »

L'amiral Gille dit à son tour :

« Je suis très heureux de connaitre le roi Perceval, de l'accueillir à bord de ma caravelle *Prince des Iles d'Emeraude* et aussi de le conduire au château de mon frère le prince Nicolas des Iles d'Emeraude. »

La caravelle de l'amiral Gille mit cinq heures pour relier Granville à Fort-Saint-Jean-Baptiste. Une fois arrivés au château, ils mangèrent, puis le prince Nicolas conduisit le roi Perceval à sa chambre et lui dit :

« Sire Perceval, voici ta chambre. Tu as une vue superbe sur le port et le fortin qui se trouve au sud de Fort-Saint-Jean-Baptiste. Demain, je te ferai visiter la ville, et dans une semaine je fêterai mon vingt-cinquième anniversaire en ce quinze août de l'an de grâce onze cent quatre-vingt-douze, jour de l'Assomption de la Vierge Marie. Je t'emmènerai ensuite à l'abbaye cartusienne de Notre-Dame-du-Nid-de-la Grouse qui se trouve à trente kilomètre à l'ouest de la ville de Fort-Saint-Jean-Baptiste. C'est là que j'ai fait mes études de théologie entre seize et vingt et un ans. »

Le roi Perceval passa sa première nuit au château du prince Nicolas des Iles d'Emeraude, dans une somptueuse chambre qui donnait sur le port. Au sud il pouvait entrevoir le fortin. Il pouvait aussi voir les Montagnes-du-Pays-Inconnu, la TERRA INCOGNITA, terre inconnue habitée par une civilisation qui ne voulait pas être conquise. Il y avait un très beau ciel constellé d'étoiles étincelantes, et le parc du château était éclairé par des améthystes photoluminescentes qui donnaient une très belle lumière violette. Des grenats éclairaient l'enceinte du château et lui donnaient une belle couleur rougeâtre. Des pépites de cuivre éclairaient l'entrée du château, et les couloirs et les chambres étaient éclairés avec des citrines photoluminescentes. La chambre du roi Perceval avait de très beaux meubles en ébène et en chêne, avec un grand lit à baldaquin recouvert d'une couverture vert émeraude avec des fleurs de lys en alternance avec des fleurs d'érables dorées et argentées. Dans la salle de bain, il y avait une belle bassine en marbre.

Le roi Perceval passa une très bonne nuit et se réveilla et descendit dans la salle à manger.

Le prince Nicolas dit au roi Perceval :

« Sire Perceval, comment as-tu dormi dans mon château ? »

Le roi Perceval dit à sire Nicolas :

« J'ai très bien dormi et je suis vraiment heureux de découvrir la Nouvelle-France et ses sites paléontologiques. Et d'avoir fait ta connaissance et la connaissance de toute ta famille. Je suis heureux et soulagé de voir que la Nouvelle-France a accueilli tant d'Israélites à l'époque des croisades, et que les ordres monastiques, cistercien, bénédictin et cartusien, ont accepté des frères de religion israélite. La Nouvelle-France mérite toutes ses lettres de noblesse pour avoir accueilli nos frères israélites, et lorsque je rentrerai en France, en Europe dans la partie ancienne du royaume du Saint-Graal, je prononcerai un discours du trône qui contiendra l'adhésion du royaume d'Israël dans le Royaume du Saint-Graal. Je demanderai à chaque ordre monastique d'accueillir des frères de confession israélite dans les monastères de toute la partie ancienne du royaume du Saint-Graal, et je commencerai cette démarche par l'abbaye bénédictine de Mouthier-Royal où j'ai fait mes études fondamentales et mon noviciat de tertiaire bénédictin. »

Le prince Nicolas des Iles d'Emeraude dit au roi Perceval :

« Je sais bien que la Nouvelle-France a accueilli beaucoup d'Israélites et je suis sûr que nos frères israélites ont pu trouver du bonheur à cette nouvelle vie. Je crois qu'il est nécessaire que nous, les Chrétiens, ayons plus de relations avec nos frères israélites. Car Jésus-Christ était israélite et je ne crois pas que les Israélites aient voulu faire mourir Jésus-Christ sur la croix. D'ailleurs, j'ai reçu une lettre de l'abbaye de Notre-Dame-du Nid-de-la-Grouse pour me convier à une retraite ayant pour thème « Les relations entre les Israélites et les Chrétiens dans l'ère postmédiévale ». Tu pourras aussi te joindre à cette retraite organisée au début du mois de septembre, juste après ma fête d'anniversaire. »

Le roi Perceval dit au prince Nicolas :

« Depuis ma fenêtre on voit une chaine de montagnes, au sud de la ville. Quel est son nom ? »

Le prince Nicolas répondit au roi Perceval :

« Cette chaine de montagnes appartient à un pays qui n'a jamais été colonisé. Personne ne s'y aventure car il y a une civilisation qui ne tient pas à être dérangée et encore moins conquise. Un mur de trois mètres de haut sépare ce pays qui s'appelle PAYS INCONNU de la Nouvelle-France. Peut-être notre grand royaume du Saint-Graal parviendra-t-il à instaurer des relations diplomatiques avec le Pays-Inconnu et ses habitants. Il ne faut pas tenter d'y aller, ne serait-ce qu'en bateau. Leur terre est sacrée pour eux, et ils tiennent à la protéger. »

Après le petit-déjeuner, le prince Nicolas emmena son hôte de marque, le roi Perceval, visiter la petite ville de Fort-Saint-jean Baptiste, par un temps magnifique. Il y avait une légère brume à la surface de la mer, et la petite ville de Fort-Saint Jean-Baptiste sentait la mer.

Le roi Perceval dit au prince Nicolas :

« Cette odeur d'eau de mer me rappelle celle de Saint-Malo en Bretagne. Là-bas aussi il y a cette odeur de mer. »

Le roi Perceval découvrit aussi un carillon, juste à côté de la cathédrale. Il sonna dix heures et enchaîna sur une très belle mélodie, comme celui de Granville.

Le roi Perceval dit au prince Nicolas :

« C'est un très beau carillon, c'est le deuxième carillon que je vois dans ma vie, et lorsque je serai de retour en France, je ferai mettre des carillons dans toutes les villes de la partie ancienne du royaume du Saint-Graal. »

Le prince Nicolas dit au roi Perceval :

« C'est une très bonne idée de mettre des carillons dans toutes les villes de la partie ancienne du royaume du Saint-Graal. Veux-tu que nous nous promenions au bord de la mer pour admirer les Montagnes du Pays-Inconnu ? »

Le roi Perceval dit au prince Nicolas :

« C'est une excellente idée ! J'aime beaucoup voir les bords de mer, et comme tous les Bretons, j'aime contempler la mer. Quand j'étais enfant, nous allions très souvent, avec sire Daniel, dame Hélène et mes frères et sœurs, au bord de la mer. Et nous allions, chaque fois que possible, accompagner sire Christian lorsqu'il partait avec une des caravelles de la flotte du roi Arthur pour aller en Angleterre, ou en Asie mineure, ou en Nouvelle-France. »

Le prince Nicolas dit au roi Perceval :

« Tu vois, sire Perceval. Tu peux admirer toute la chaine de montagnes du Pays-Inconnu. Qui sait ? Peut-être qu'un jour le chef suprême du Pays-Inconnu viendra en Nouvelle-France ou en Europe pour signer un traité de coopération. As-tu remarqué que certains sommets sont si élevés qu'il y a de la neige même en plein été ? Il y gèle toute l'année. »

Les deux jeunes sires retournèrent dans la ville de Fort-Saint-Jean. Ils entendirent le carillon sonner les douze coups de midi et jouer une petite mélodie.

Le prince Nicolas proposa au roi Perceval :

« Si nous allions à la messe. Elle est célébrée par Monseigneur Amédée que je connais très bien. »

Le roi Perceval répondit au prince Nicolas :

« Certainement, c'est avec grand plaisir que je viens avec toi à la messe, car j'aime toujours entendre la parole de Dieu. C'est toujours un moment de ressourcement. »

Les deux jeunes sires se rendirent à la messe qui avait lieu à la cathédrale Saint-Philippe. Monseigneur Amédée était un homme de taille moyenne, avec une barbe blanche et peu de cheveux. Il était professeur de théologie et sire Nicolas l'aimait beaucoup, car il était comme un second père pour lui.

Monseigneur Amédée lut l'évangile de saint Luc, le psaume 126 sur la restauration d'Israël et l'épître de Paul aux Ephésiens sur l'armure du Chrétien, ce qui plut particulièrement au roi Perceval. Le roi Perceval aimait particulièrement le psaume 126 sur la restauration d'Israël. Lorsqu'il était encore écuyer à la cour du roi Arthur, le jeune sire Perceval priait tous les jours pour la restauration d'Israël, car alors, le royaume d'Israël était encore victime des croisades.

Le prince Nicolas proposa à Monseigneur Amédée de venir à son château pour prendre le repas de midi.

Puis Monseigneur Amédée répondit au prince Nicolas :

« C'est avec grand plaisir, sire Nicolas. Voilà longtemps que je ne vous ai pas vu. Comment allez-vous, sire Nicolas ? »

Sire Nicolas répondit à Monseigneur Amédée :

« Je vais très bien, Monseigneur Amédée. J'étais chez mes parents à Saint-Nicolas-du-Lac, dans la principauté de Saint-Nicolas-des-Montagnes-Rocheuses. »

Le roi Perceval dit à Monseigneur Amédée :

« J'ai particulièrement aimé le psaume 126 avec le verset trois qui dit : « L'Eternel a fait pour nous de grandes chose ». Ce psaume 126 est mon psaume préféré. Votre messe était très belle. »

Le prince Nicolas leur dit :

« Allons dans mon château. Nous parlerons ensemble durant le repas. »

Le prince Nicolas fit préparer un bon repas qui était composé d'une soupe d'épinards provenant du potager du château du prince Nicolas, et d'une cuisse de poulet avec du riz.

Pendant le repas, le roi Perceval dit à Monseigneur Amédée :

« J'ai particulièrement aimé le passage de l'épitre de saint Paul aux Ephésiens consacré à l'armure du Chrétien : la cuirasse de la justice, le casque du salut, le bouclier de la foi, la ceinture de la vérité et enfin l'épée qui représente le Saint-Esprit. D'ailleurs, l'évêque de Londres, Monseigneur Roger, avait choisi ce passage lors de la messe d'adoubement de tous les écuyers de ma volée, en l'an de grâce onze cent quatre-vingt-huit. Monseigneur Roger était professeur de morale et de patristique à l'université d'Oxford. »

Monseigneur Amédée demanda à sire Nicolas de lui raconter sa rencontre avec le roi Perceval.

Le prince Nicolas raconta :

« Je l'ai rencontré à l'abbaye de Notre-Dame-du-Lac-des-Saumons où je faisais retraite. Je suis tertiaire de l'abbaye et je m'y rends une à trois fois par an. Et vous, Monseigneur, êtes-vous membre d'un tiers-ordre ? »

Monseigneur Amédée répondit :

« Oui, je suis tertiaire de l'abbaye bénédictine anachorétique de Notre-Dame-de-Saint-Delacour, dans la principauté d'Albertinie près de la petite ville d'Eau-Claire. La connaissez-vous ? »

Le prince Nicolas dit à Monseigneur Amédée :

« Moi non, mais le roi Perceval oui. Il m'a raconté qu'il y est allé avec le frère de la princesse Alice d'Albertinie, sire Eugène-Daniel, qui est prêtre. »

Monseigneur Amédée avait fait ses études de théologie à l'abbaye bénédictine anachorétique de Notre-Dame-de-Saint-Delacour après des études fondamentales dans l'autre abbaye bénédictine anachorétique, celle de Notre-Dame-du-Lac-des-Pigeons. Fasciné par la mer, comme le roi Perceval, Monseigneur Amédée eut l'idée de s'établir dans la principauté des Iles d'Emeraude où il mena à la fois son ministère de prêtre, puis d'évêque, et sa carrière de professeur de théologie à l'abbaye cartusienne de Notre-Dame-du-Nid-de-la-Grouse.

Le roi Perceval dit alors :

« Oui, je connais les abbayes bénédictines anachorétiques de Notre-Dame-du-Lac-des-Pigeons et de Notre-Dame-de-Saint-Delacour. Le prince-révérend Eugène-Daniel m'y a emmené après ma visite chez dame Alice d'Albertinie. Cette vie anachorétique que les moines bénédictins de ces deux abbayes ont choisie est très belle. Elle les rapproche certainement de Dieu. Y a-t-il, en Nouvelle-France, de telles abbayes en dehors de l'Albertinie ? »

Monseigneur Amédée répondit au roi Perceval :

« Oui il y a une abbaye bénédictine anachorétique dans la principauté de la Côte-Ensoleillée, l'abbaye de la Baie-de-la-Demi-Lune. Et une autre qui se trouve en Alascanie, l'abbaye de Notre-Dame-du-Lac-de-Saint-François. »

Le repas prit fin et Monseigneur Amédée remercia très chaleureusement le prince Nicolas pour son invitation et les quitta.

Après une petite sieste, le prince Nicolas alla trouver le roi Perceval et lui dit :

« Que dirais-tu d'une promenade à la Baie-du-Cèdre ? C'est un parc, au bord de la mer, qui abrite un site paléontologique. »

Le roi Perceval répondit :

« Quelle bonne idée ! Je me prépare et je te retrouve à la grande porte du château. »

Le prince Nicolas alla chercher son carrosse et sa jument grise qui s'appelait Céline et retrouva le roi Perceval devant la grande porte.

Une demi-heure plus tard, les deux jeunes sires entraient dans le parc qui abritait le petit site paléontologique. Ce site paléontologique n'était pas encore très connu. Pour y aller, il fallait sortir de la petite ville de Fort-Saint-Jean-Baptiste, traverser une forêt très dense puis une prairie. Le prince Nicolas connaissait bien la route, car il aimait découvrir les environs de Fort-Saint-Jean-Baptiste.

Le prince Nicolas montra les fossiles au roi Perceval :

« Tu vois, ce sont des fossiles préhistoriques qui ont la forme d'une coquille d'escargot. Ils ont un ou deux millions d'années, et je crois qu'il y a beaucoup d'autres fossiles à mettre à jour ici. Je t'emmènerai sur l'Ile-des-Léviathans, ces mammifères marins préhistoriques qui étaient les ancêtres des lamantins. »

Le roi Perceval dit au prince Nicolas :

« C'est la première fois de ma vie que je vois des fossiles. Je n'en avais jamais vu avant de venir en Nouvelle-France. J'espère que la partie ancienne du royaume du Saint-Graal renferme autant de sites paléontologiques que la Nouvelle-France. »

Après avoir visité le petit site paléontologique, les deux jeunes sires se promenèrent le long de la côte de la Baie-du-Cèdre, puis ils retrouvèrent le carrosse et la jument Céline. Le prince Nicolas montra à sire Perceval une montagne aplatie à son sommet qui s'appelait la Montagne-Enneigée. Elle se trouvait dans le Pays-Inconnu.

Le prince Nicolas dit au roi Perceval :

« Cette montagne est en permanence enneigée, mais elle est inaccessible car elle se trouve dans le Pays-Inconnu. Personne n'oserait s'y aventurer. «

Les deux jeunes sires reprirent le chemin de la petite ville de Fort-Saint-Jean-Baptiste. Une fois arrivé au château, le prince Nicolas proposa au roi Perceval de continuer à discuter tout en prenant le thé.

Pendant le thé, le roi Perceval raconta au prince Nicolas ce qu'était devenu le roi Arthur :

« Tu sais peut-être que le roi Arthur avait hiberné pendant six siècles dans une grotte magique. Plus personne n'avait de nouvelles, car il avait tout bonnement disparu. Et pendant ces six siècles, il y a eu beaucoup de changements. L'église avait perdu son rôle. Et puis, est apparu un grand maître spirituel, saint Bernard, qui a fondé un ordre monastique qui s'est répandu très vite, et jusqu'en Nouvelle-France. Quant au sire Perceval du sixième siècle, sire Perceval-le-Gallois, c'était un chevalier rustre et ignorant, comme souvent à cette époque, et personne ne sait ce qu'il est devenu après avoir échoué dans sa recherche du Vase sacré. A cette époque, les enfants des familles nobles les plus riches avaient des précepteurs. Ce fut le cas d'Arthur. Pendant que sire Antor le formait à son futur métier de chevalier, Merlin l'Enchanteur lui enseignait l'histoire, les mathématiques, les sciences naturelles, la morale et la rhétorique. Parmi les chevaliers de la Table Ronde, il y en avait un autre, Lancelot-du-Lac, qui finit par rendre son épée et par entrer dans un ordre monastique. »

Le prince Nicolas commença alors à raconter l'histoire de la Nouvelle-France au roi Perceval :

« Tu sais, peut-être, sire Perceval, que la Nouvelle-France a été découverte en l'an mille ou mille un par des Vikings, dont le chef s'appelait Ericsson, un Danois qui vivait au Groenland. Le Groenland est un vaste duché situé entre l'Islande et l'actuelle Nouvelle-France. Ericsson avait découvert la côte nord de la Nouvelle-France. Un autre Viking, du nom de Bjarne Herjofson, avait débarqué de Norvège en neuf cent quatre-vingt-six. Vers l'an de grâce mille quatre, Thorfin Karlsefni fonda une colonie norvégienne. En l'an mille cinq, un Français découvrit à son tour l'actuelle Nouvelle-France. Il s'appelait sire Jean. De nombreux Français émigrèrent à partir de l'an mille six, dans cette « nouvelle France ». La principauté de Saint-Nicolas-des-Montagnes-Rocheuses fut fondée par un prince qui s'appelait aussi Nicolas. Il venait du Val d'Aoste, appartenait à une famille noble et était tertiaire d'une abbaye bénédictine près de Rome. Fasciné par la Nouvelle-France, il n'a pas voulu monter sur le trône de la principauté du Val d'Aoste et ses parents l'ont laissé partir en Nouvelle-France. »

Alors que le prince Nicolas des Iles d'Emeraude discutait avec le roi Perceval, le secrétaire personnel du prince Nicolas, qui s'appelait Romuald-Etienne, arriva dans la grande salle et dit au prince Nicolas :

« Sire Nicolas, vous avez reçu une lettre de l'abbaye cartusienne de Notre-Dame-du-Nid-de-la-Grouse, je vous l'ai mise sur votre bureau. »

Le prince Nicolas dit à son secrétaire :

« Je vous remercie, Romuald-Etienne. »

Le prince Nicolas reprit son récit :

« Le prince Nicolas du Val d'Aoste est arrivé dans cette partie de la Nouvelle-France, et il a construit le grand château qui a été celui de mon enfance et dans lequel j'aime toujours aller lors de fêtes familiales. Ce prince Nicolas historique est devenu prêtre après des études de théologie à l'université de Granville puis dans une abbaye bénédictine dont je ne sais pas le nom. Il est devenu évêque de Granville et il a été un très grand prince-évêque. Il a développé toute la partie occidentale de la Nouvelle-France et est devenu cardinal. Il retourna finalement en Italie pour servir le pape Jean-Pierre III. Après sa mort, il fut canonisé et devint le deuxième saint patron de la Nouvelle-France, le premier restant, ne l'oublions pas, saint Jean-Baptiste qui est célébré chaque année le vingt-quatre juin. »

Le roi Perceval reprit la parole et dit au prince Nicolas :

« Cette histoire est vraiment passionnante. Maintenant nous allons un peu nous reposer. Merci beaucoup pour cette belle journée passée à Fort-Saint-Jean-Baptiste. »

Les deux jeunes sires se retirèrent chacun dans sa chambre jusqu'au souper. Le prince Nicolas lut la lettre écrite par le père abbé de l'abbaye de Notre-Dame-du-Nid-de-la-Grouse. Il l'invitait à assister à une retraite thématique sur les relations entre les Chrétiens et les Israélites, qui devait avoir lieu en septembre. Le prince Nicolas répondit au père abbé en disant qu'il y assisterait.

CHAPITRE XX

LE PRINCE NICOLAS DES ILES D'EMERAUDE ORGANISE UNE GRANDE FETE POUR SON VINGT-CINQUIEME ANNIVERSAIRE

Le prince Nicolas des Iles d'Emeraude organisa une grande fête pour célébrer son vingt-cinquième anniversaire. Il avait invité sa famille, bien sûr, mais aussi ses anciens professeurs de séminaire de théologie de l'abbaye cartusienne de Notre-Dame-du-Nid-de-la-Grouse. Il y avait, entre autres, le révérend professeur israélite Zacharie-Eloïm qui était son professeur de morale et d'histoire.

Le prince Nicolas dit à tous ses invités :

« Bonjour, soyez tous les bienvenus dans mon château de Fort-Saint-Jean-Baptiste. Je suis heureux de vous accueillir tous en ce jour du quinze août de l'an de grâce onze cent quatre-vingt-douze et en ce beau jour d'été ensoleillé. »

Il y avait un très beau buffet qui était composé de fruits, de pain grillé, de viande froide, de jus de pommes. Il y avait aussi différentes soupes de légumes et de pommes de terre.

Le roi Perceval dit au prince Nicolas :

« Quelle belle journée, sire Nicolas. Et cette montagne enneigée qui se trouve au Pays-Inconnu est magnifique. Au fait, comment s'appellent les habitants du Pays-Inconnu, sire Nicolas ? »

Le prince Nicolas répondit au roi Perceval :

« Les habitants du Pays-Inconnu s'appellent les Incas. Comme je te l'ai dit, il n'est pas recommandé de se rendre au Pays-Inconnu, car les Incas n'apprécieraient pas du tout qu'on vienne dans leur pays qu'ils considèrent comme terre sacrée. »

Ayant découvert une carte sur un des murs du château du prince Nicolas, sire Perceval dit :

« C'est bien par ici, dans cette zone, que l'on a découvert des ossements de léviathans, ces énormes mammifères marins préhistoriques qui ressemblent à des lamantins ? »

Le prince Nicolas dit au roi Perceval :

« Tu as raison, sire Perceval. Cette île que tu as repérée s'appelle l'Ile-des-Léviathans. Sur cette île se trouve un site préhistorique avec le squelette d'un énorme léviathan. Il faut deux ou trois jours de bateau pour y aller. Si tu le souhaites, je pourrai t'y emmener avec sire Gille. »

Un très jeune prince de vingt-deux ans s'approcha d'eux, et le prince Nicolas dit au roi Perceval :

« Sire Perceval, je te présente sire Alexandre, prince d'Athabascanie. »

Le jeune prince Alexandre dit au roi Perceval :

« Oui, sire Perceval. J'ai été adoubé et couronné prince régnant l'an dernier, mon père, sire Daniel-Auguste, ayant pris la décision d'abdiquer car il venait d'avoir soixante-cinq ans. Il m'a légué le château de Fond-du-Lac, au bord du lac Athabascana, entre la ville de Fond-du-Lac et l'abbaye cistercienne de Notre-Dame-du-Fond-du-Lac. C'est dans cette abbaye que j'ai fait mes études fondamentales, mes études de théologie et un apprentissage d'agriculteur. Les moines cisterciens sont des moines-paysans. Plus tard, si Dieu m'appelle, je deviendrai prêtre, mais pour le moment je m'attelle à mon métier de prince. J'ai fait un noviciat de tertiaire cistercien. Et je suis aussi passionné d'astronomie. A Fond-du-Lac, il y a un télescope avec lequel on peut voir le moindre détail de chaque cratère de la Lune, et on peut voir la grosse tâche rousse sur Jupiter et les anneaux de Saturne. J'ai même vu la nébuleuse d'Andromède.

« En Nouvelle-France la formation de chevalier est plus axée sur le service à autrui que sur le maniement de l'épée. Nous essayons de faire disparaitre le côté guerrier du chevalier. On en fait un serviteur du prince plutôt qu'un simple soldat. On ne fait plus la guerre comme en Europe, mais on s'emploie à construire un monde meilleur de paix et de fraternité. C'est pour cette raison que beaucoup d'Israélites sont venus en Nouvelle-France, loin des persécutions et des guerres. »

Le roi Perceval dit au prince Alexandre d'Athabascanie :

« Ce que vous dites est très beau. J'ai remarqué que les jeunes gens préadultes entreprennent beaucoup de choses en

Nouvelle-France, et qu'ils apprennent un métier parallèlement à leurs études et à leur formation de chevalier. Et comment êtes-vous venu jusqu'aux îles d'Emeraude ? »

Le prince Alexandre d'Athabascanie répondit au roi Perceval :

« Je suis venu en carrosse. Mon cheval noir, Romulus, et mon carrosse sont restés à Granville, aux bons soins d'une écurie qui appartient à une duchesse qui s'appelle dame Lynne. J'ai pris le bateau de Granville à Fort-Saint-Jean-Baptiste. Lorsque je retournerai à mon château de Fond-du-Lac, j'organiserai une grande fête qui marquera le premier anniversaire de mon règne. »

Les invités commencèrent à manger et à admirer le soleil qui se couchait à l'horizon. Le prince Nicolas des Iles d'Emeraude était un jeune prince dynamique et très connu pour son ouverture, sa chaleur humaine et sa sensibilité.

Sire Alexandre d'Athabascanie dit au roi Perceval :

« Je crois que mon père, sire Daniel-Auguste et ma mère, dame Céline-Jeane, vous connaissent car ils étaient à votre couronnement par le roi Arthur dans cet immense château situé dans une grande forêt en Bourgogne. Ils m'ont dit que vous aviez fait beaucoup d'exploits en arrêtant ces croisades de malheur et en retrouvant le Vase sacré appelé Saint-Graal qu'on recherchait depuis plusieurs siècles. »

Le roi Perceval dit au prince Alexandre d'Athabascanie :

« Je m'aperçois que vous connaissiez mon histoire avant même de me rencontrer ! Je serais heureux de mieux vous connaître et de rencontrer votre famille qui vit à Fond-du-Lac. »

Le prince Nicolas présenta au roi Perceval un autre jeune prince qui venait d'Alascanie et s'appelait sire Jérôme. Lui aussi venait d'être adoubé chevalier et couronné prince régnant. Son père, sire George, venait d'avoir soixante-dix ans et avait abdiqué en faveur de sire Jérôme. Sa mère s'appelait dame Valérie. Le jeune prince Jérôme avait fait ses études fondamentales à l'abbaye bénédictine de Notre-Dame-du-Lac-des-Castors au nord de Saint-Georges, et il avait fait ses humanités à l'université de Saint-Georges. Il était tertiaire de l'abbaye de Notre-Dame-du-Lac-des-Castors.

Le roi Perceval demanda au prince Jérôme d'Alascanie

« Avez-vous fait l'apprentissage d'un métier manuel, sire Jérôme ? »

Sire Jérôme d'Alascanie répondit au roi Perceval :

« J'ai fait un apprentissage de bûcheron dans le château de mon père. Au cours de mes études, je me suis spécialisé en philosophie avec Socrate, Aristote, Platon et Sophocle. Et j'ai également étudié la théologie et les arts, comme le théâtre et la peinture. J'ai aussi étudié la paléontologie et la préhistoire. J'ai donc fait des études passionnantes et captivantes. Vous pourriez venir dans notre château plus tard dans la suite de votre grand voyage à travers la Nouvelle-France. »

Le roi Perceval dit à sire Jérôme d'Alascanie

« C'est une très bonne idée de m'inviter dans votre château, mais je ne sais pas encore quand je quitterai la principauté des Iles d'Emeraude. Je vous promets de venir vous rendre visite dans votre château de Saint-Georges si je passe par l'Alascanie sur le chemin du retour vers la partie ancienne du royaume du Saint-Graal. J'ai été très heureux de faire votre connaissance ici. Comment s'était déroulé le voyage de vos parents en Europe, pour mon couronnement ? »

Le prince Jérôme d'Alascanie répondit au roi Perceval :

« Mes parents ont traversé toutes les principautés de la Nouvelle-France pour prendre le bateau à Mont-Royal. Ils ont mis environ deux mois depuis Saint-Georges jusqu'à la Forêt Mystérieuse. Mon frère aîné, Sébastien qui est maintenant prêtre, a assuré la bonne marche de la principauté d'Alascanie pendant leur absence. J'ai aussi une sœur qui a seize ans et qui a fait son diplôme d'études fondamentales chez les sœurs bénédictines de Notre-Dame-du-Lac-des-Carpes. Je vous souhaite une bonne fin de séjour chez sire Nicolas des Iles d'Emeraude. A bientôt, j'espère, sire Perceval. »

CHAPITRE XXI

LE PRINCE NICOLAS DES ILES D'EMERAUDE ET LE ROI PERCEVAL SE RENDENT A L'ABBAYE CARTUSIENNE DE NOTRE-DAME-DU-NID-DE LA-GROUSE

Quelques jours plus tard, le prince Nicolas des Iles d'Emeraude et le roi Perceval se rendirent chez les moines de l'abbaye cartusienne de Notre-Dame-du-Nid-de-la-Grouse. Ils utilisèrent le carrosse du prince Nicolas et son cheval brun Romulus-Syrius. Ils mirent deux heures pour se rendre à l'abbaye. Le prince Nicolas confia son carrosse et son cheval Romulus-Syrius à l'écurie du monastère et sonna à la grande porte en fer forgé.

Le révérend père abbé Antoine-Marie arriva et dit :

« Bonjour, sire Nicolas des Iles d'Emeraude. Que je suis content de vous revoir ici parmi nous ! Je me demandai si notre ancien étudiant, et frère de notre tertiaire sire Mathieu, était parti faire un grand voyage. Heureusement, vous ne nous avez pas oubliés ! Qui est ce jeune homme qui vous accompagne, sire Nicolas ? »

Le prince Nicolas répondit au père Antoine-Marie :

« Il s'appelle sire Perceval et il vient de très loin, de France ou plus précisément de Bourgogne. Il est notre roi et règne sur le royaume du Saint-Graal depuis maintenant deux ans. »

Le révérend père abbé Antoine-Marie fut très ému, car sire Perceval était la première personne à venir de si loin jusqu'à l'abbaye cartusienne de-Notre-Dame-du-Nid-de-la-Grouse.

Le prince Nicolas ajouta et dit :

« Le roi Perceval est venu me voir car je l'avais invité à mon vingt-cinquième anniversaire. Il a fait un très grand voyage à travers toute la Nouvelle-France et je crois que les Néo-Français ont été heureux de l'accueillir. »

Le père abbé Antoine-Marie dit :

« Je suis très heureux de vous accueillir tous les deux. En principe, nous n'accueillons pas d'hôtes mais nous ferons une exception pour le roi du royaume du Saint-Graal. Pendant votre retraite, je vous rappelle que, selon la règle de saint Bruno, il vous faudra vivre seul et en silence dans votre ermitage. Entre les offices, vous travaillerez dans le petit jardin de votre ermitage, et vous partagerez les offices avec les moines. Comme nous avons aussi des moines israélites, nous respectons leurs coutumes. Ainsi, dans quelques jours aura lieu une cérémonie de bar-mitsva pour le neveu d'un de nos frères qui aura seize ans. Dans une semaine aura lieu la rentrée universitaire des étudiants en théologie et des séminaristes qui se forment à la prêtrise, et nous aurons une retraite consacrée aux relations entre les Israélites et les Chrétiens. »

Le roi Perceval demanda au père abbé Antoine-Marie :

« Combien de temps durera cette retraite sur les relations entre les Israélites et les Chrétiens, révérend père abbé Antoine-Marie ? »

Le révérend père abbé Antoine-Marie lui répondit :

« Cette retraite durera cinq jours, avec des conférences et des groupes de réflexion. »

Le roi Perceval reprit :

« Je suis très heureux d'apprendre que vous allez célébrer la bar-mitsva du neveu de l'un de vos frères israélites. Quand cette cérémonie aura-t-elle lieu ? »

Le père abbé Antoine-Marie répondit au roi Perceval :

« Cette cérémonie aura lieu samedi prochain. »

Le jour de la bar-mitsva arriva. Le neveu du frère Asher, qui était moine cartusien israélite, s'appelait Jesse. Il venait d'avoir seize ans et de passer son diplôme d'études fondamentales chez les moines bénédictins de l'abbaye de Notre-Dame-de-la-Vallée-des-Miracles. Jesse venait souvent rendre visite à son oncle le frère Asher, avec qui il s'entendait très bien. Il avait le projet de suivre des études de théologie, mais ne savait pas encore s'il deviendrait prêtre israélite, comme son père Salem-Eloïm qui officiait à la synagogue de Fort-Saint-Jean-Baptiste.

Le roi Perceval et le prince Nicolas furent émus de voir une si belle cérémonie de bar-mitsva. Le prince Nicolas connaissait très bien le frère Asher, qu'il avait eu comme professeur d'histoire biblique et d'ancien testament.

Après la bar-mitsva de Jesse, les parents, frères et sœurs, et les autres invités, furent conviés à prendre le repas au réfectoire des moines. Moines chrétiens et frères israélites ne mangeaient que très exceptionnellement ensemble, hormis le dimanche. Ce jour-là, le révérend père abbé Antoine-Marie avait levé l'obligation de prendre le repas en silence.

Le frère Asher dit à son neveu Jesse :

« Alors, mon cher neveu Jesse, as-tu aimé cette cérémonie de bar-mitsva ? »

Le jeune Jesse répondit au frère Asher :

« Oui, beaucoup. Et je me réjouis de commencer mes études de théologie ici, avec vous. Je vais prendre le temps de travailler mon éventuelle vocation de prêtre israélite. »

Le révérend prêtre israélite Salem-Eloïm dit :

« Alors, Jesse, es-tu content de faire ta bar-mitsva chez les moines cartusiens chez lesquels tu vas faire tes études de théologie ? «

Le jeune Jesse répondit à son père, le révérend prêtre israélite Salem-Eloïm :

« Oui, père, j'ai beaucoup aimé cette fête et dans quelques jours je vais commencer mes études de théologie ici, chez les moines cartusiens de l'abbaye de Notre-Dame-du-Nid-de-la-Grouse. Le programme des études de théologie est très intéressant, et il y aura bientôt une retraite organisée sur le thème des relations entre les Chrétiens et les Israélites. Je me réjouis beaucoup d'y assister, avec mes futurs camarades qui vont étudier la théologie avec moi. «

Le roi Perceval prit la parole et dit :

« Ce fut une très belle cérémonie. C'est la première fois de ma vie que j'assiste à une cérémonie de bar-mitsva. Je suis sire Perceval, le roi du Saint-Graal, en visite en Nouvelle-France. Ce fut un grand honneur pour moi de participer à cette cérémonie de bar-mitsva, très belle façon de marquer l'entrée des jeunes gens dans l'âge adulte spirituel. J'encourage vivement ce jeune homme, Jesse, à faire des études de théologie dans cette abbaye. »

Le révérend Salem-Eloïm dit au roi Perceval :

« Je suis touché que vous encouragiez mon fils à faire des études de théologie. J'espère qu'il sera très heureux et je pense qu'il ferait un très bon prêtre israélite. Depuis toujours, Jesse porte un grand intérêt à la religion ».

Le roi Perceval demanda au révérend prêtre israélite comment allait la congrégation israélite de Fort-Saint-Jean-Baptiste, qui est en même temps la congrégation israélite de la principauté des Iles d'Emeraude.

Le révérend Salem-Eloïm répondit au roi Perceval :

« Elle va très bien, et nous aurons la visite de notre révérend grand prêtre Zacharie dans les prochains jours ou la semaine prochaine. »

Après le repas, les moines se retirèrent dans leurs ermitages respectifs, ainsi que sire Perceval et sire Nicolas qui se remirent à travailler dans leur jardin.

Au bout d'une semaine, ce fut la rentrée universitaire, et la retraite organisée sur les relations entre les Chrétiens et les Israélites. Ainsi le roi Perceval et le prince Nicolas passèrent-ils d'une retraite personnelle à une retraite organisée, qui ressemblait plutôt à un cycle de conférences. Le révérend père abbé Antoine-Marie prononça son discours de bienvenue aux étudiants de première année.

« Chers jeunes gens, vous qui avez choisi de faire des études de théologie dans notre abbaye cartusienne de Notre-Dame-du-Nid-de-la-Grouse, je vous souhaite la bienvenue. Vous allez commencer une nouvelle vie de jeune préadulte, une nouvelle vie d'étudiant et, pour certains d'entre vous, une nouvelle vie d'écuyer. Vous venez de passer votre diplôme d'études fondamentales, et vous avez franchi une première étape vers l'âge adulte. Demain vous aurez votre journée d'orientation et les moines-prêtres qui seront vos professeurs vous expliqueront comment se dérouleront vos études de théologie. Pour ceux qui s'apprêtent à devenir prêtre, un moine-prêtre sera votre père spirituel qui vous guidera dans le cheminement de votre vocation. Vous aurez également la possibilité de faire l'apprentissage d'un métier manuel dans les domaines suivants : agriculture, horticulture, cuisine, chaudronnerie, polissage de pierres photoluminescentes, bûcheronnage et fabrication d'objets en bois. Une feuille informative sur les apprentissages vous sera distribuée ainsi qu'une feuille d'inscription. Il vous faudra respecter le silence et les enceintes strictement réservées aux moines, respecter les horaires des messes et des repas, et surtout respecter les moines israélites dans leurs rites. C'est tout ce que j'avais à vous dire. Je vous souhaite un bon départ dans vos études théologiques. »

Pour les futurs étudiants, être accueilli dans la grande salle d'un monastère-séminaire de théologie représente un moment inoubliable, qui marque le début d'une nouvelle vie.

Le prince Nicolas dit au roi Perceval :

« Ce discours d'accueil et de bienvenue me rappelle de bons souvenirs ! »

Quelques instants plus tard, le révérend père abbé Antoine-Marie reprit la parole :

« Durant cette première semaine d'année universitaire, nous aurons une retraite organisée sur le thème des relations entre les Israélites et les Chrétiens. Cette retraite est bien sûr ouverte aussi bien aux étudiants qu'au public. Elle se déroulera sous la forme d'une conférence chaque matin et de groupes de réflexion l'après-midi. Il y aura cinq thèmes : demain, les relations entre les Israélites et les Chrétiens ; après-demain, l'histoire des relations entre les Chrétiens et les Israélites ; le troisième jour, comment demander pardon aux Israélites ; le quatrième jour, l'approfondissement des relations entre les Chrétiens et les Israélites ; le cinquième jour, les relations institutionnelles entre les deux religions ; et enfin le dernier jour, l'avenir des relations entre les Chrétiens et les Israélites. »

Le prince Nicolas et le roi Perceval assistèrent à toutes les conférences thématiques. C'est lors de la dernière journée, consacrée à l'avenir des relations entre Chrétiens et Israélites, que le roi Perceval participa le plus activement au travail du groupe de réflexion.

Il dit aux autres participants :

« Ce que je vais vous dire est primordial. Il faut non seulement renforcer et consolider les relations entre les Chrétiens et les Israélites, mais en plus il est important que le royaume d'Israël fasse partie du royaume du Saint-Graal pour refléter l'importance de la présence de la terre de Jésus-Christ dans le royaume du Saint-Graal. »

Le révérend père abbé Antoine-Marie dit au roi Perceval :

« Vous avez raison quand vous dites qu'il faut renforcer les relations entre les Israélites et les Chrétiens, et votre idée de faire entrer le royaume d'Israël dans le royaume du Saint-Graal est très bonne. Mais comment pourriez-vous concrétiser votre idée, sire Perceval ? »

Le roi Perceval répondit au révérend père abbé :

« Lorsque je rentrerai en Europe, je prononcerai le deuxième discours du trône de ma vie de roi. J'expliquerai que je vais instaurer des relations diplomatiques avec le roi Jacob qui règne sur Israël en vue de la signature d'un traité d'admission du royaume d'Israël au sein du royaume du Saint-Graal. Puis j'enverrai au roi Jacob une invitation à venir dans mon château de la Forêt Mystérieuse afin de sceller et de célébrer l'entrée du royaume d'Israël dans le royaume du Saint-Graal. »

Tous les participants du groupe de réflexion de la dernière journée thématique se mirent à applaudir le roi Perceval et le révérend père abbé Antoine-Marie dit à tout le groupe de réflexion :

« Notre roi, qui a participé à nos débats, a non seulement mis fin aux croisades et retrouvé le Vase sacré, mais il est déterminé à accueillir le royaume d'Israël, terre de Notre Seigneur Jésus-Christ, au sein de notre royaume du Saint-Graal. Moi aussi je pense qu'il serait très important que le royaume d'Israël fasse partie du royaume du Saint-Graal. »

Le roi Perceval reprit la parole :

« Pour moi, cette semaine de retraite organisée par votre abbaye cartusienne de Notre-Dame-du-Nid-de-la-Grouse sur les relations entre les Israélites et les Chrétiens a été très enrichissante. Et j'ai aussi été très heureux de participer à la cérémonie de la bar-mitsva du neveu de l'un de vos frères cartusiens israélites. Merci beaucoup, père Antoine-Marie, pour cette retraite. Que Dieu vous bénisse et bénisse votre abbaye de Notre-Dame-du-Nid-de-la-Grouse. »

Trois jours plus tard, les sires Nicolas et Perceval firent leurs bagages, nettoyèrent leurs ermitages respectifs et s'apprêtèrent à retourner au château du prince Nicolas.

Avant de regagner son carrosse et son cheval Romulus-Syrius, le prince Nicolas dit au révérend père abbé Antoine-Marie :

« Pour sire Perceval et moi-même, ce temps passé avec vous et votre communauté cartusienne a été un immense plaisir et une immense joie dans le partage et dans la solitude, dans la prière et dans le travail. Nous vous remercions de votre accueil et de votre générosité et je me réjouis déjà de vous revoir dans une prochaine retraite personnelle. Que Dieu vous bénisse et bénisse votre abbaye cartusienne de Notre-Dame-du-Nid-de-la-Grouse ainsi que l'avenir de vos jeunes étudiants en théologie. »

CHAPITRE XXII

LE PRINCE NICOLAS DES ILES D'EMERAUDE ET LE ROI PERCEVAL SE RENDENT A L'ILE DU GRAND-LEVIATHAN

Les sires Perceval et Nicolas quittèrent l'abbaye de Notre-Dame-du-Nid-de-la-Grouse et repartirent vers le château du prince Nicolas à Fort-Saint-Jean Baptiste. L'automne arrivait et les forêts des Iles d'Emeraude viraient au rouge.

Le prince Nicolas et le roi Perceval continuèrent à explorer les îles d'Emeraude. Le prince Nicolas avait donné rendez-vous à son frère, l'amiral sire Gille, qui était de passage à Fort-Saint-Jean-Baptiste. Ils s'embarquèrent à bord de la caravelle *Prince des Iles d'Emeraude*.

Comme la caravelle de l'amiral Christian, celle de l'amiral Gille possédait un hublot d'où les passagers pouvaient observer la faune sous-marine. Pendant la traversée, Nicolas et Perceval purent voir des poulpes, des lamantins, des dauphins, des baleines et différents poissons comme des saumons et des mérous. Sur les fonds et les parois rocheuses, il y avait des étoiles de mer de couleur brune, mais aussi des murènes, des anguilles, des homards et des crabes.

Le lendemain vers midi, ils arrivèrent à Port-Clément, chef-lieu de l'île nord des îles d'Emeraude, par une très belle journée d'automne.

Après avoir mangé dans une petite auberge, ils reprirent la mer à destination de l'île du Grand-Léviathan.

Le prince Gille dit :

« Les léviathans étaient les ancêtres des lamantins qui peuplaient les mers il y a plusieurs millions d'années. C'étaient d'énormes mammifères marins qui mesuraient jusqu'à trente ou quarante mètres de long. On a retrouvé des ossements près d'ici. Un léviathan reconstitué est visible dans le site semi-marin de l'île. »

Une fois arrivés, les trois sires entamèrent leur visite du site paléontologique de l'île du Grand-Léviathan.

Le prince Nicolas expliqua :

« Voilà le squelette d'un léviathan. Les léviathans sont les ancêtres des lamantins qui vivent aussi bien dans les mers tropicales que dans les mers tempérées.

« On trouve des lamantins en Mer Rouge entre l'Egypte et le royaume d'Arabie, et aussi dans l'Océan Atlantique. Les léviathans ont dû disparaitre il y a un million d'années, sans que l'on sache exactement pourquoi.

« Il y a aussi, là-bas sur le rivage, une tortue de mer préhistorique fort bien conservée. Ces animaux pouvaient mesurer jusqu'à une dizaine de mètres. Il y a aussi une tortue préhistorique reconstituée dans le site du Lac-de-la-Carpe, en Alascanie. »

Le roi Perceval demanda :

« Et quand ce site paléontologique a-t-il été découvert ? »

Le prince Nicolas lui répondit :

« Ce site a été découvert il y a cinquante ans en l'an de grâce onze-cent quarante-deux. «

Comme les jours étaient de plus en plus courts, ils décidèrent de quitter l'île du Grand-Léviathan pour retourner à Fort-Saint-Jean-Baptiste avec la caravelle *Prince des Iles d'Emeraude*.

Une fois à bord, le roi Perceval leur dit :

« C'est une très belle expédition paléontologique que nous venons de faire, et cet énorme léviathan m'a particulièrement plu. Je me réjouis de raconter tout ce que j'ai vu dans mon odyssée lorsque je serai de retour dans mon château de la Forêt Mystérieuse. ».

Peu après leur départ, ils eurent droit à un somptueux coucher de soleil sur la mer. Et une fois la nuit venue, le roi Perceval put contempler un ciel étoilé très limpide et sans lune avant de regagner sa cabine.

Les cabines de la caravelle étaient très confortables. Elles avaient de très grandes fenêtres. Les lits étaient larges et confortables. Il y avait une carte de la principauté des Iles d'Emeraude dans la cabine de sire Perceval.

Le lendemain, la caravelle arriva à Fort-Saint-Jean-Baptiste.

CHAPITRE XXIII

LE PRINCE NICOLAS DES ILES D'EMERAUDE ET LE ROI PERCEVAL SE RENDENT AU PARC BOTANIQUE ET AU PARC ZOOLOGIQUE DE FORT-SAINT-JEAN-BAPTISTE

Le prince Nicolas des Iles d'Emeraude prit congé de son frère, le prince Gille, qui devait repartir sur Granville. Quelques jours plus tard le prince Nicolas proposa au roi Perceval de l'emmener visiter le parc botanique et le parc zoologique de Fort-Saint-Jean-Baptiste.

Le roi Perceval répondit au prince Nicolas :

« Quelle bonne idée ! Où se trouvent ces deux parcs, sire Nicolas ? »

Le prince Nicolas lui dit :

« A une vingtaine de kilomètres au nord de Fort-Saint-Jean-Baptiste. Il nous faudra une à deux heures pour y aller. »

Le prince Nicolas fit préparer son carrosse et son cheval brun qui s'appelait Romulus-Syrius, et les deux sires s'en allèrent au parc botanique de Fort-Saint-Jean-Baptiste.

Le prince Nicolas commença par la visite du parc botanique :

« Regarde, sire Perceval. Voilà des hortensias roses, et là-bas un hibiscus. Là, peux voir des tagettes jaunes orange ».

Le roi Perceval dit au prince Nicolas :

« Que ces plantes sont belles ! Lorsque je rentrerai en Europe, je demanderai que l'on crée davantage de parcs botaniques pour que les habitants apprennent à connaître la plupart des plantes. »

Le prince Nicolas continua la visite du parc botanique et dit au roi Perceval :

« Un peu plus loin, il y a une section des arbres ».

Les deux sires se rendirent dans la section des arbres du parc botanique de Fort-Saint-Jean-Baptiste.

Le prince Nicolas dit au roi Perceval :

« Tiens, voilà des tilleuls. Et là-bas, ces chênes ont plus d'un siècle d'existence. Il y a aussi des eucalyptus, et des épicéas. »

Dans la partie des plantes aquatiques, le prince Nicolas fit remarquer :

« Ce sont des nénuphars que tu vois, sire Perceval, et tu peux aussi voir des mangroves et des palétuviers. Les grenouilles et les crapauds apprécient particulièrement les nénuphars. »

Le roi Perceval dit au prince Nicolas :

« C'est le genre de plantes que je pourrai mettre dans mon immense château, dans des mares avec des poissons rouges, des cygnes et des canards, comme ici. »

Ayant fini le tour du parc botanique, sires Nicolas et Perceval se rendirent au parc zoologique tout proche.

Le prince Nicolas dit au roi Perceval

« Regarde ces gros animaux, dans le petit lac : ce sont des hippopotames. Un peu plus loin, tu peux voir des rhinocéros, des éléphants, des girafes. Il y a aussi des ours polaires qui viennent d'une région qui se trouve au nord de la Nouvelle-France. »

Un énorme ours blanc nageait dans le lac, tandis que des femelles d'ours bruns allaitaient leurs petits oursons. Plus loin, ils virent des otaries grises et noires, et des phoques.

Le prince Nicolas dit au roi Perceval :

« Les bébés phoques ont un duvet tout blanc qu'ils perdent lorsqu'ils deviennent adultes. »

Dans la partie réservée aux singes, il y avait des orangs-outans, des chimpanzés et des gorilles.

Le prince Nicolas dit au roi Perceval :

« Les singes s'adaptent très bien à différents climats. Chaque jour, on leur donne des bananes et toutes sortes de fruits dont ils sont friands. »

Le roi Perceval dit au prince Nicolas :

« Ne crois-tu pas qu'il vaudrait mieux laisser tous ces animaux dans leurs milieux naturels ? Je pense qu'il vaudrait mieux créer des réserves naturelles où les animaux auraient de l'espace, plutôt que de les maintenir en captivité. Et tu sais certainement que, dans mon premier discours du trône, j'ai interdit d'utiliser les animaux dans les cirques ».

Le prince Nicolas dit au roi Perceval :

« Tu as raison, mais ne t'inquiète pas. En Nouvelle-France, les animaux des parcs zoologiques sont très bien traités. Ils ont beaucoup d'espace et ils ne sont pas enfermés dans des cages. Et voilà cinquante ans qu'il est interdit d'utiliser des animaux pour faire des numéros de cirque. »

Le roi Perceval dit au prince Nicolas :

« Et bien, j'en suis très heureux et soulagé ! »

Les deux jeunes sires reprirent la route du château et arrivèrent à Fort-Saint-Jean-Baptiste en début de soirée. Les candélabres commençaient à scintiller avec la splendeur des pierres et pépites photoluminescentes.

Au cours de leur repas, du soir ils poursuivirent leur discussion au sujet des animaux du parc zoologique. Puis le prince Nicolas demanda au roi Perceval :

« Comment envisages-tu la suite de ton voyage en Nouvelle-France et ton retour en Europe, sire Perceval ? »

Le roi Perceval dit au prince Nicolas :

« Tu as raison de soulever cette question, sire Nicolas, car mes parents doivent commencer à s'impatienter. Peut-être pourrions-nous passer les fêtes de fin d'année ensemble. Après quoi, je m'en retournerai en Europe, dans la partie ancienne du royaume du Saint-Graal ».

Il est vrai que le roi Perceval devait commencer à envisager son retour car cela faisait presque huit mois qu'il avait quitté son château de la Forêt Mystérieuse.

CHAPITRE XXIV

LE PRINCE NICOLAS DES ILES D'EMERAUDE INVITE LE ROI PERCEVAL A PASSER LES FETES DE FIN D'ANNEE DANS LE CHATEAU DE LA FAMILLE DU PRINCE NICOLAS A SAINT-NICOLAS-DU-LAC DANS LA PRINCIPAUTE DES MONTAGNES ROCHEUSES

L'hiver commençait à venir. Le roi Perceval écrivit une lettre à son père sire Daniel, à sa mère dame Hélène, et à toute sa famille :

« Chers parents, sire Daniel de Bretagne, dame Hélène de Bretagne et chers frères et sœur,

Je vous écris depuis l'autre bout de la Nouvelle-France. J'ai fait un extraordinaire voyage à travers l'océan atlantique et à travers la Nouvelle-France. J'ai fait la connaissance de gentils jeunes princes et de la vice-reine de Nouvelle-France, dame Mirabel.

J'ai effectué plusieurs retraites dans des abbayes qui accueillent aussi des Israélites. Ici, les ordres bénédictins, cisterciens et cartusiens ont décidé d'accueillir des moines israélites, des Israélites qui ont fui les croisades et ont trouvé refuge en Nouvelle-France. Je pense que les ordres monastiques en Europe devraient aussi accueillir des Israélites pour marquer l'importance des relations entre les Chrétiens et les Israélites.

Ici en Nouvelle-France il y a beaucoup de sites paléontologiques, et grâce au prince Gabriel d'Assiniboinie qui m'a emmené au site paléontologique de Deloraine, j'ai découvert la paléontologie.

Presque toute la Nouvelle-France est recouverte de forêts. J'ai découvert un tas de choses comme l'existence des dinosaures, ou celle de l'ancêtre préhistorique du lamantin qui s'appelait le léviathan. Le léviathan était un énorme mammifère marin qui mesurait jusqu'à une trentaine de mètres de long.

Je passerai ici les fêtes de Noël et de fin d'année, chez le prince Nicolas des Iles d'Emeraude.

Je vous embrasse tous et je vous souhaite de joyeuses fêtes de Noël et de fin d'année. Que Dieu vous bénisse tous.

Votre cher fils, sire Perceval,
roi du Saint-Graal »

Pour sa part, le prince Nicolas des Iles d'Emeraude avait reçu une lettre de son père, le prince Jean-Nicolas, et de sa mère la princesse Suzanne.

Il vit le roi Perceval et lui dit :

« Sire Perceval que fais-tu ? »

Le roi Perceval lui répondit :

« Je viens d'écrire une lettre à mes parents afin de leur souhaiter bonnes fêtes de Noël et de fin d'année. »

Le prince Nicolas dit au roi Perceval :

« Tu sais, nous sommes invités à passer les fêtes de fin d'année à Saint-Nicolas-du-Lac, au château de mes parents ».

Le roi Perceval dit à sire Nicolas :

« Voilà qui est très aimable et qui me touche beaucoup, sire Nicolas. Dis-moi, y a-t-il une université dans la principauté des Iles d'Emeraude ? »

Le prince Nicolas dit au roi Perceval :

« Oui, bien sûr, il y a une université à Fort-Saint-Jean-Baptiste. Elle se trouve près de la colline des Cèdres et elle a cinquante ans. On y étudie le droit, la rhétorique, les sciences naturelles et la paléontologie. Ce n'est pas une université dirigée par des moines mais par des prêtres diocésains et des laïcs. Si tu le souhaites, nous pourrions aller la visiter avant de partir pour Saint-Nicolas-du-Lac. Les professeurs et les étudiants seraient contents de me voir et de rencontrer le roi Perceval. »

Ils se rendirent donc à l'université dans l'après-midi. Ils entrèrent dans le grand hall et le prince Nicolas frappa à la porte du professeur principal, André-Julien, qui était prêtre diocésain. Le professeur accueillit les deux jeunes sires avec enthousiasme :

« Bonjour, sire Nicolas. Quelle surprise de vous voir ici ! Je suis content que notre prince vienne nous rendre visite, et juste avant les fêtes de Noël ! Et comment ce jeune sire s'appelle-t-il ? »

Le prince Nicolas dit au révérend professeur André-Julien :

« Ce jeune sire s'appelle Perceval et il est notre roi. Il vient de très loin, de la partie ancienne du royaume du Saint-Graal. Je l'ai invité personnellement à mon vingt-cinquième anniversaire au mois d'août dernier et il retournera en Europe après les fêtes de Noël et de fin d'année. »

Le roi Perceval dit à son tour au révérend André-Julien :

« Je suis très heureux de vous rendre visite et de rendre visite à vos étudiants. »

Le révérend André-Julien leur répondit :

« Vous tombez bien, car c'est aujourd'hui la journée qui marque la fin de la session universitaire et je dois leur faire une conférence. Puisque vous êtes notre roi, sire Perceval, je me fais un plaisir de vous donner la parole avant de prononcer ma conférence. »

Le prince Nicolas demanda :

« Sur quel sujet porte votre conférence, révérend professeur André-Julien ? »

Le révérend professeur André-Julien lui répondit :

« Sur la bonne marche de l'université, et sur l'organisation des études universitaires. »

Ils se rendirent tous les trois dans le grand amphithéâtre de l'université et le professeur André-Julien dit aux étudiants :

« Aujourd'hui, chers étudiants, j'ai une surprise pour vous, ou plutôt, deux surprises. Non seulement notre cher prince Nicolas est là, mais en plus il nous a amené sire Perceval qui est le roi du royaume du Saint-Graal et donc aussi notre roi. »

Le roi Perceval s'adressa aux étudiants de l'université de Fort-Saint-Jean-Baptiste :

« Chers étudiants et chères étudiantes, comme vous j'ai faits des études de théologie, et j'ai, dans le même temps, effectué ma formation de chevalier. Je suis ensuite parti en Israël pour mettre fin aux croisades, et quelques mois plus tard, j'ai retrouvé le Vase sacré que l'on appelle le Saint-Graal. C'est à la suite de cela que le roi Arthur a créé notre grand royaume du Saint-Graal. Puis, ayant décidé d'abdiquer, il m'a fait roi. Depuis plusieurs mois, j'effectue un grand voyage à travers la Nouvelle-France pour rendre visite à toutes les principautés qui composent cette belle région de notre royaume. Je vous souhaite bonne chance dans vos études. Bonnes fêtes de Noël à vous tous, et que Dieu vous bénisse. »

Le révérend-Professeur André-Julien reprit la parole :

« Je remercie très chaleureusement sire Perceval, notre roi. Chers étudiants et étudiantes, je voudrais maintenant vous parler de la future organisation de vos études. Comme vos camarades qui effectuent leurs études universitaires dans les abbayes, vous aurez bientôt la possibilité de faire l'apprentissage d'un métier manuel parallèlement à vos études. Cette idée nous vient de notre prince Nicolas à qui je donne la parole. »

Le prince Nicolas enchaîna :

« Chers étudiants et chères étudiantes, c'est un plaisir et un honneur pour moi de vous rendre visite et de vous dire ces quelques mots sur les projets concernant l'organisation de vos études universitaires. Nous allons effectivement généraliser, durant les études universitaires, l'apprentissage d'un métier manuel dans les domaines de l'agriculture, la boulangerie, la chaudronnerie, le jardinage. Cela vous donnera encore plus d'atouts pour réussir votre avenir et contribuer à la prospérité de la Nouvelle-France et de tout le royaume du Saint-Graal. Bonne chance, bonnes fêtes de Noël et de fin d'année. Et que Dieu vous bénisse. »

Après un échange avec les étudiants, les sires Nicolas et Perceval quittèrent l'université et rentrèrent au château du prince Nicolas.

Sire Perceval demanda au prince Nicolas :

« Dis-moi, sire Nicolas, y-a-t-il d'autres universités dans cette partie de la Nouvelle-France ? »

Le prince Nicolas lui répondit :

« Oui, bien sûr. Il y a une université à Granville, une autre dans la principauté de Saint-Nicolas-des-Montagnes-Rocheuses, et une autre dans la principauté d'Alascanie. Mais dis-moi, sire Perceval : à l'issue de ton voyage en Nouvelle-France, comment vois-tu l'avenir du royaume du Saint-Graal ? »

Le roi Perceval lui répondit :

« Il est vrai, sire Nicolas, que mon grand voyage en Nouvelle-France m'a fait découvrir beaucoup de choses. Il m'a donné plein d'idées que j'exposerai dans mon prochain discours du trône, lorsque je serai rentrai en Europe. Je ferai des relations entre Chrétiens et Israélites une très grande priorité, notamment en intégrant le royaume d'Israël dans le royaume du Saint-Graal. Et je demanderai à mon abbaye bénédictine de Mouthier-Royal de donner l'exemple en accueillant des Israélites. Dans un autre domaine, je favoriserai le développement de fouilles en quête de vestiges paléontologiques. Dans le domaine des transports, je veux renforcer le réseau de diligences, et créer de nouvelles lignes maritimes sur la Méditerranée, et aussi entre l'Europe et la Nouvelle-France. »

Le prince Nicolas dit à sire Perceval :

« Tu sais, sire Perceval, que notre départ pour Saint-Nicolas-du-Lac approche. Là-bas, il fait beaucoup plus froid qu'ici et il faudra bien te couvrir. Mon frère Gille nous emmènera avec sa caravelle à Granville où nous prendrons la diligence. »

Le prince Nicolas des Iles d'Emeraude reçut une lettre de son frère, le prince Mathieu :

« Cher sire Nicolas,

Je t'écris cette lettre pour te dire que je vous attendrai au port de Granville le vingt et un décembre onze cent quatre-vingt-douze avec le carrosse du prince Jean-Nicolas et le cheval blanc Emilius.

A bientôt, et que Dieu vous bénisse et vous protège tous.

Votre cher prince Mathieu. »

Le grand jour du départ arriva très vite. Le prince Nicolas ordonna qu'on lui prépare son carrosse et son cheval blanc Romulus-Syrius. Il partit avec sire Perceval jusqu'à la baie du Héron-Bleu où les attendait son frère Gille et sa caravelle. Les habitants du petit village appelé Héron-Bleu avaient l'habitude de surnommer cette baie « la baie noire », car l'eau de l'océan y était si foncée qu'ils croyaient que la baie était noire. Après trois heures de navigation, la caravelle *Prince des Iles d'Emeraude* atteignit Granville. Les sires Nicolas, Perceval et Gille rendirent visite à dame Lynne, duchesse de Granville.

Dame Lynne leur dit :

« Bonjour sires. Comme je suis heureuse de vous revoir, sire Perceval ! Avez-vous fait un bon séjour chez le prince Nicolas ? »

Le roi Perceval répondit à dame Lynne :

« Oui, dame Lynne, j'ai passé un très beau séjour chez le prince Nicolas. »

Puis dame Lynne leur dit :

« Je vous ai préparé un bon repas de midi avec une bonne soupe de pommes de terre et des carottes. Comme dessert, vous aurez de la compote de pommes. »

Après le repas de midi, les sires Perceval et Nicolas prirent congé de dame Lynne et de sire Gille.

Sire Gille leur dit :

« Je vous souhaite un bon voyage jusqu'à Saint-Nicolas-du-Lac et je vous verrai à notre château de Saint-Nicolas-du-Lac. Soyez prudents, faites attentions aux ours, et que Dieu vous bénisse et vous protège. »

Sire Nicolas et le roi Perceval virent arriver un très beau carrosse avec plusieurs chevaux. A côté du cocher, il y avait le prince révérend Mathieu, qui leur dit :

« Quel beau cadeau de Noël ! Et notre roi Perceval va passer avec nous les fêtes de Noël et de fin d'année ! »

Ils se mirent en route et s'arrêtèrent à l'abbaye bénédictine de Notre-Dame-de-la-Vallée-des-Miracles où ils passèrent la nuit.

Le lendemain, ils repartirent tous les trois, prirent leur repas de midi dans la petite ville d'Espérance, et arrivèrent à Saint-Nicolas-du-Lac à la tombée de la nuit. La ville était recouverte de neige, et elle était illuminée grâce à des pépites de cuivre, des grenats et des améthystes.

Le château du prince Jean-Nicolas était tout enneigé et les candélabres du jardin donnaient une lumière bleuâtre Le roi Perceval fut émerveillé par ce paysage féérique. Le prince Nicolas frappa à la grande porte en bois de chêne et le prince Jean-Nicolas vint ouvrir.

Le prince Jean-Nicolas dit à ses fils, les princes Nicolas et Mathieu, et au roi Perceval :

« Bienvenue à vous, fils ! Avez-vous fait un bon voyage depuis le château du prince Nicolas ? Et ce jeune roi Perceval, comment va-t-il ? »

Le prince Nicolas répondit à son père, le prince Jean-Nicolas :

« Oui nous avons fait un très bon et beau voyage. Le prince Gille, qui viendra plus tard pour les fêtes de fin d'année, nous a conduits de la baie du Héron-Bleu jusqu'à Granville. Nous avons rendu visite à dame Lynne, la duchesse de Granville, et nous avons passé la nuit à l'abbaye de Notre-Dame-de-la-Vallée-des-Miracles. Le père abbé Constentin et les moines bénédictins vous saluent et vous souhaitent de bonnes fêtes de fin d'année. »

Sire Jean-Nicolas dit au roi Perceval :

« Une fois de plus, je suis enchanté de vous revoir, sire Perceval, et nous sommes très heureux de vous accueillir pour les fêtes de fin d'année. »

Dame Suzanne s'approcha et dit :

« Le repas du soir sera bientôt prêt. Venez vous asseoir dans la grande salle à manger du château. »

La grande salle à manger était une salle immense avec des vitraux aux fenêtres. Ils s'y rendirent donc, et poursuivirent leurs propos devant un grand feu de cheminée que le prince Jean-Nicolas venait de préparer.

Le prince Mathieu dit :

« Comme je suis heureux de vous retrouver tous ! Je vais pouvoir faire plus ample connaissance avec notre roi du Saint-Graal qui, selon ce qu'on m'a dit, a mis un terme aux croisades et a retrouvé le Saint-Graal qu'aucun chevalier n'avait jamais réussi à retrouver. »

Le roi Perceval dit à sire Mathieu :

« Et oui ! Cela est tout à fait exact. »

Et le prince Nicolas dit à toute la famille :

« Sire Gille nous a conduits, voilà quelques temps, jusqu'à l'île du Grand-Léviathan, sire Perceval et moi, et nous avons visité le site paléontologique dans lequel se trouve un énorme squelette de léviathan. Et sire Perceval, notre roi, se passionne maintenant pour la paléontologie. »

La table de la grande salle à manger était en chêne, ainsi que les chaises dont le rembourrage était en soie de couleur bleu marine. Le repas de bienvenue était composé de pommes de terre, de viande et d'épinards cuits avec une sauce au vin rouge. Le prince Nicolas convia le roi Perceval à faire un récit de son voyage en Nouvelle-France.

Le roi Perceval dit :

« Je préfère garder le récit de mon odyssée pour le jour de Noël. Pour le moment, apprécions ce délicieux repas et prions Dieu. Seigneur, veuille bénir ce bon repas, bénis aussi le prince Nicolas des Iles d'Emeraude qui m'a accueilli après cette longue odyssée à travers l'immense contrée recouverte de forêts appelée Nouvelle-France. »

Pendant le repas, sire Perceval revint sur la paléontologie :

« Le prince Gabriel d'Assiniboinie m'a fait découvrir le grand site paléontologique de Deloraine. Il vaut la peine d'être visité, si vous avez l'occasion de voyager à travers la Nouvelle-France. »

Le prince Jean-Nicolas dit :

« Nous sommes vraiment heureux que notre roi Perceval soit devenu un grand ami de notre famille. »

Et sire Nicolas des Iles d'Emeraude ajouta :

« Oui, cela a été une grande joie pour moi de faire la connaissance de notre roi Perceval et de partager avec lui ces quelques mois. »

Le repas se termina tard et tout le monde alla se coucher.

Le soir de Noël de l'an de grâce onze cent quatre-vingt-douze arriva et le prince Jean-Nicolas, père de sire Nicolas des Iles d'Emeraude, convia le roi Perceval à relater son voyage à travers la Nouvelle-France.

Le roi Perceval s'y prêta volontiers :

« Je suis très heureux de vous parler de mon voyage en Nouvelle-France. Je suis arrivé en juillet à Mont-Royal avec mon frère, l'amiral Christian, et j'ai fait la connaissance de la princesse Mirabel, vice-reine de Nouvelle-France. Je suis ensuite allé en Assiniboinie chez le prince Gabriel qui m'a fait découvrir la paléontologie. Après une halte en Mystiminie, je me suis rendu en Albertinie où j'ai rencontré dame Alice et son frère, sire Eugène-Daniel, qui m'a fait découvrir l'existence d'abbayes bénédictines anachorétiques. C'est à l'abbaye cistercienne de Notre-Dame-du-Lac-des-Saumons que j'ai enfin fait la connaissance de sire Nicolas. La suite, vous la connaissez. »

Le prince-Jean-Nicolas demanda au roi Perceval :

« Quand pensez-vous rentrer en Europe, sire Perceval ? »

Le roi Perceval lui répondit :

« Je pense repartir juste après les fêtes de fin d'année et je pense être de retour dans mon château de la Forêt Mystérieuse vers avril ou mai. »

Le prince Nicolas dit à toute sa famille et au roi Perceval :

« Notre roi a beaucoup de courage de venir jusqu'au bout de la Nouvelle-France. »

A l'approche de la messe de minuit, le prince Jean-Nicolas dit :

« Il est l'heure de se rendre à la chapelle du château où le prince-révérend Mathieu nous attend pour la messe de minuit. »

La chapelle du château était pleine. Le prince Mathieu commença à célébrer la messe de Noël.

Le lendemain, jour de Noël, le prince Nicolas dit à toute la famille :

« Je propose que, ce matin, nous emmenions notre roi Perceval dans les rues de Saint-Nicolas-du-Lac. Il fait un temps splendide, aujourd'hui, et puis c'est Noël ! »

Le prince Jean-Nicolas et le prince Nicolas dirent au roi Perceval :

« Il fait très froid, sire Perceval. Il vous faudra mettre un long manteau de laine de mouton, et chausser vos pieds de grosses bottes en cuir fourrées afin de ne pas avoir les pieds gelés. »

Toute la famille princière emmena le roi Perceval voir la petite ville de Saint-Nicolas-du-Lac, recouverte d'une belle neige blanche et sous un ciel intensément bleu. Et en effet, il faisait terriblement froid. Le lac de Saint-Nicolas avait gelé. En ville, les maisons de Saint-Nicolas-du-Lac avaient la forme d'un « A », c'est-à-dire que leur toit descend jusqu'au sol. Elles étaient construites en pierre et les toits étaient faits d'ardoise. Leurs fenêtres étaient faites comme des vitraux d'église, avec la juxtaposition d'alvéoles en forme d'hexagones, comme dans une ruche d'abeilles. Le roi Perceval reconnut la petite cathédrale de Saint-Nicolas-du-Lac, qu'il avait découverte lorsqu'il était arrivé ici durant l'été. Depuis le parc, il put contempler les Montagnes Rocheuses.

En fin de matinée, le prince Jean-Nicolas déclara :

« Comme il est bientôt midi, nous allons rentrer au château où un bon repas de Noël nous attend. »

De retour au château bien chauffé, ils assistèrent à la messe de Noël présidée par le prince révérend Mathieu. Puis toute la famille princière se rendit dans la grande salle à manger pour partager un vrai festin. Le menu comportait de la dinde, du riz et une soupe aux épinards, ainsi qu'un gâteau aux pommes.

Arriva enfin la nouvelle année. Sire Perceval partagea avec la famille du prince Nicolas le passage à l'an de grâce onze cent quatre-vingt-treize.

A minuit, le prince Jean-Nicolas leva sa coupe et dit :

« Bonne santé à tous et toutes ! Je vous souhaite une bonne année onze cent quatre-vingt-treize ! »

Tous levèrent leur coupe de vin et le roi Perceval dit :

« Je vous souhaite une bonne année onze cent quatre-vingt-treize. Longue vie au royaume du Saint-Graal ! Que Dieu nous bénisse tous et toutes, et qu'Il nous protège ».

Ayant regagné sa chambre, le roi Perceval adressa une longue prière au Seigneur :

« 0 Dieu, veuille bénir cette très belle année de grâce onze cent quatre-vingt-douze qui vient de s'achever. Bénis aussi le prince Nicolas des Iles d'Emeraude et toute sa famille. Bénis toutes ces abbayes de Nouvelle-France qui accueillent nos frères israélites. Je te remercie de m'avoir guidé et protégé durant toute cette belle et longue odyssée. Bénis toutes les familles princières de Nouvelle-France qui m'ont accueilli et bénis particulièrement sire Gabriel d'Assiniboinie qui m'a fait découvrir la paléontologie en me faisant visiter le site de Deloraine. Amen. »

Ainsi s'acheva l'an de grâce onze cent quatre-vingt-douze et, avec lui, le long périple du roi Perceval en Nouvelle-France et le deuxième livre des aventures du roi Perceval.

Le roi Perceval et ses amis, le prince Nicolas des Iles d'Emeraude et toute sa famille, vous retrouveront dans un nouveau livre.

FIN

CARTE DE LA NOUVELLE-FRANCE

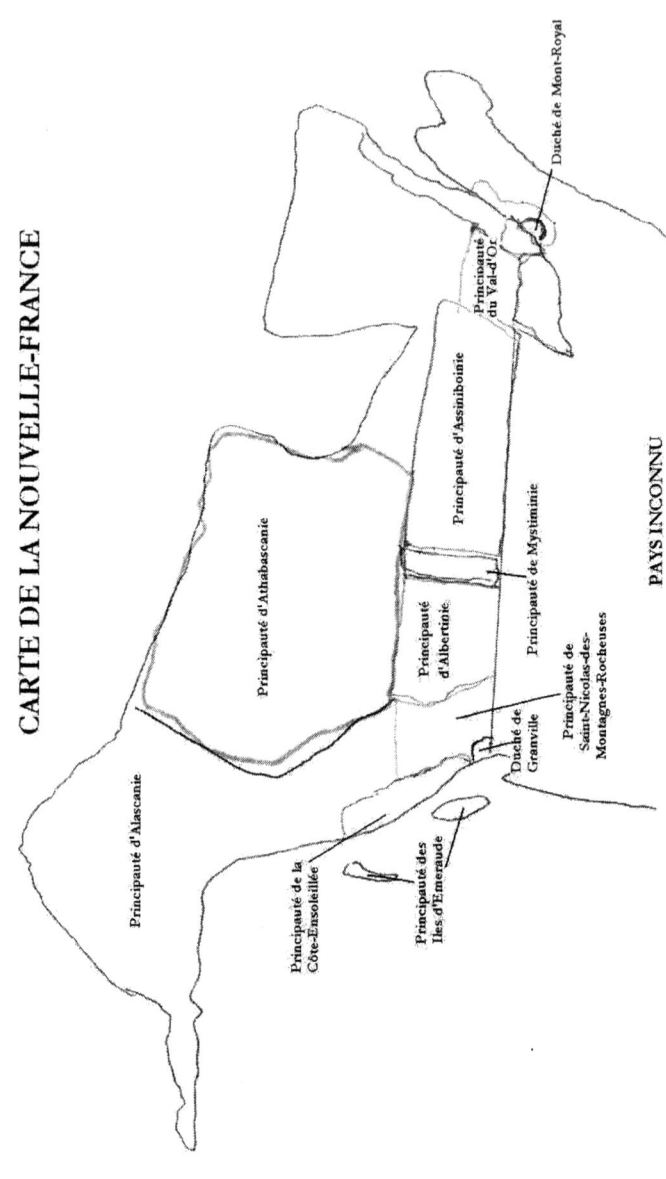

Principauté d'Alascanie

Principauté d'Athabascanie

Principauté de la Côte-Ensoleillée

Principauté des Îles d'Émeraude

Principauté d'Albertinie

Principauté d'Assiniboinie

Principauté de Mystiminie

Principauté de Saint-Nicolas-des-Montagnes-Rocheuses

Duché de Granville

Principauté du Val-d'Or

Duché de Mont-Royal

PAYS INCONNU

TABLE DES MATIERES